KB267283

지금 이 순간,
사랑이 나를 부르고 있다

맑은소리
맑은나라

지금 이 순간,

사랑이 나를 부르고 있다

[프롤로그] / 11

우리의 여정은 지금 어디쯤

잃어버린 길 / 25

상황은 아무것도 하지 않았다 / 31

잠시 멈추어 남은 여정 길바닥 고르기

열차와 승객 / 50

역할극 / 58

아가야 / 67

거미에게 1 / 72

거미에게 2 / 77

빈 저울 / 80

선풍기와 생각의 수레바퀴 / 84

낙숫물 / 86

들어보면 / 91

프랙탈 운동 / 95

폭설과 아이들 웃음소리 / 99

아침마다 두레박이 때려 / 103

숲에만 가도 / 108

길 따라 길 일구며

가을 산과 다람쥐 / 113

해바라기와 들국화 / 119

아기 산새와 웅덩이 / 122

장난감 양팔저울과 쌀 한 톨 / 124

나비가 된 검은 들고양이 / 128

어느 만추滿秋이야기 / 133

네잎 클로버의 행운 / 137

삭정이의 꿈 / 142

오백만년 전 소금의 노래 / 149

저 투명한 아침이슬처럼 / 153

우리는 / 159

길들은 / 167

금이 아름다운 건 / 170

콜라병 뚜껑을 따며 / 174

쌍무지개 뜨던 날 / 177

동행 / 184

그리하여 사랑이 온다 / 188

시지프스의 마을에 첫눈이 내리고 / 193

돌아와 주인 되어

허수아비 연가 - 참새에게 / 205

꽃씨와 화분 / 211

꽃비 내리는 내 고향은 / 219

새로이 길을 맞으며

마법의 밭 앞에서 / 226

[에필로그를 대신하며] 길은 / 228

[추천의 글] 영원한 쉼과 행복에 이르는 길을 안내하는
깊고 깊고 따뜻한 사랑 노래 / 240

[재개정본을 내며] / 246

'별이 빛나는 창공을 보고 갈 수가 있고 또 가야만 하는 길의 지도를 읽을 수 있던 시대는 얼마나 행복했던가.'

제도권의 교육이 이끌어주는 대로 따라가야만 했던 긴긴 십대를 떠나보내며, 대학이라는 또 하나의 낯선 세상의 문턱을 들어서면서 운명처럼 마주치게 되었던 게오르그 루카치의 「소설의 이론」 첫 구절.

돌아보면 내 그리움의 씨앗이 본격적으로 움트기 시작한 건 그 구절의 울림을 만나던 무렵이었다.

그 만남은 가슴을 치는 아득한 울음 같은 거였다. 잠들어있던 영혼의 불꽃이 가슴을 후비며 수런거려오는 첫 발자국 같은 거였다.

'우리는 어디로 가고 있는 것일까.'
'우리는 어떤 길을 잃어버린 것일까.'
그런 아스라한 물음들을 아릿한 통증처럼 일깨워주며 다가
오던.

그리하여 귀향에의 그리움은 잠든 밤 소리 없이 내리는 눈처
럼 소복소복 싹이 터오고 있었다.

그로부터 내 발걸음은 그리움이 이끄는 나날을 걷고 있었다.
그러나 그런 나날은 자주자주 안개 같은 것이었고, 자주자주
막다른 골목 같은 것이었다. 햇살 속인가 해서 들어가서는 안
개 속임을 번번이 확인하고 돌아와야만 했던. 머무를 곳인가
해서 들어가서는 나와야 할 곳임을 번번이 확인하고 돌아와
야만 했던. 그 안개와 막다른 골목은 사람이기도 하였고, 관
계이기도 하였고, 일이기도 하였고, 미래이기도 하였고, 그러
한 상황이기도 하였던….

그러나 어느 유행가 가사처럼 '이 세상 어디가 숲인지 어디
가 늪인지 그 누구도 말을 않는' 미로 속에서 인생이라는 낯
선 바다를 향해 나는 조금씩 발을 담그며 걸어가고 있었다.

가보지 않고는 알 수 없는 길이었기에. 나날이 더 초롱초롱해지는 창공의 별을 가슴에 품은 채.

때론 강렬한 체험 속으로 겁 없이 풍덩 발을 담그기도 하면서, 때론 갇혀버린 소용돌이 속에서 빠져나오려 필사적으로 허우적이기도 하면서, 때론 잔잔한 파도에 얹혀 그저 흘러가기도 하면서, 인간이 지닌 수많은 감정과 한계와 교훈들을 체험해가며 나와 길들은 그렇게 서로를 더듬어가고 있었다.

그러나 길의 지도는 좀처럼 읽히질 않았다. 막막한 길도 가다 보면 어느 한 모퉁이쯤에서 깜박이며 등불을 반짝여줄 줄 알았던 길은 그러나 좀체 그래주질 않았다. 그래서 나는 가는 듯 가는 듯 가고 있었지만, 정작 한 걸음도 나아가지 못한 채 언제나 제자리만 맴돌고 있었다. 둘러보면 그 자리, 가늠해보면 또 그 자리….

그 막막함과 목마름이 가슴까지 차올라왔을 때였을까. 그리고 해갈을 열망해오던 내 영혼의 북소리가 어느새 안개를 뚫고 내 발목까지 두드려왔을 때였을까. 길은 어느덧 방향을 틀고 있었다. 숨겨둔 소중한 길을 비로소 내보여줄 듯, 길은 의

미심장한 모습으로 나를 유인해가기 시작했다.

그러나 그 길은 내가 막연히 기다려오던 눈부신 외부로 향해 있지 않았다. 오히려 그 길은 나를 내 안으로 더 깊숙이 밀어 넣기 시작했다. '나'를 만나기 전에는 내 길을 도저히 만날 수 없을 거라며, 내 남은 길들이 일제히 동의라도 한 것처럼.

그리하여 나는 어느새 '나'를 만나가는 여행길에 서 있었다. 내 그리움의 정체를 기필코 밝혀내야 하는….

그런데 바로 그곳이었을까, 내가 그토록 기다려오던 길의 입구가. 그 어귀에 이르자 비로소 나는 편안해지기 시작했다. 바깥을 향하던 눈을 내면으로 돌리기 시작하자, 내 안의 고요와 평화가 마치 오랫동안 기다려왔던 듯이 나를 포근히 감싸 안아주기 시작했으며, 나를 이리저리 끌고 다니던 마음이 비로소 나를 놓아주기 시작했다.

그래서 그 안온한 품속을 걸으며, 나는 서서히 느껴가고 있었다. 내 발걸음을 자주자주 가로막곤 하던 예의 그 안개와 막다른 골목은 다름 아닌 나였음을…. 비로소 만나고 있는 광대한 길이 본래의 '나'였음을….

그래서 그 따스하면서도 부드러운 느낌의 파도를 타고 한참을 흐르고 있었다. 그런데 상쾌한 산들바람 나부끼는 어느 한 능선을 넘어섰을 때였을까. 나는 그만 마주치고야 말았다. 도화지 속에서 불쑥 튀어나온 듯 살아 움직이는 한 '생명'을. 끈질긴 중력의 굴레로부터 문득 놓여나버린 한 '생명'을. 그 생생한 존재가 시작도 끝도 없이 머물러 있는 '영원한 고향'을….

내 안팎을 고요히 바라보며 평화로이 일상생활을 하고 있던 어느 날, 설거지를 하고 있던 한순간, 느닷없이 '참나'가 발현되면서 '존재의 본향'에 당도해버린 사건이 일어났던 것이다. 내 안에 봉인되어 있던 '참생명'이 내 육신의 벽을 뚫고 쑥 빠져나와 버리듯, 내 의식의 가장 밑바닥에 깔려있던 '투명한 의식'이 그 베일을 뚫고 쑥 빠져나와 내 눈을 번쩍 띄워버리며….

그런데 그 툭 트여버린 자리는 그 어떤 특별한 자리도, 먼 곳도 아니었다. 바로 '지금 여기'였다. 생각이, 아니 생각의 탯

줄이 툭! 끊어져 버린 한순간, 관념 세계의 막이 싹 걷혀버린 한순간, 그 절대 고요에서 드러난 그저 선명한 자리, 그것일 뿐이었다. 내가 현존하고 있는 바로 그 순간, 그 자리, 그 현실…. 그것이 전부였다.

그런데 그 자리는 단순히 물리적인 시공간이 아니라, 영원의 자리였으며, 적멸의 자리였으며, 열반의 자리였으며, 피안의 언덕이었으며, 궁극의 자리이자 근원의 자리였으며, 삶과 열반이 하나인 자리였으며, 모든 것이 제 존재를 생생히 드러내며 존재함으로 빛나고 있는 너무나 신선하고 경이로운 자리였으며, 그릇 하나조차도 반짝이며 나와 동등한 존재로 빛나고 있는 그런 신성한 자리였다.

그리고 '투명한 의식'으로 그 진실을 생생히 목격하며 그 자리에 '있는' 존재가 바로 '나'였으며, 내 안에 있으되 나(육신적 자아 또는 인간적 자아)로부터 뚝 떨어진 자리에서 내 안팎을 고요히 보고 있는 '봄'이, '지금 여기'에 명료하게 깨어 있는 그 '투명한 의식(순수의식, 순수의식의 영, 순수 영)'이 바로 '참나'였다. 그리고 그것이 바로 생명의 실체요, 결코 죽을 수도 멸할 수도 없는 불생불멸의 실체요, 우리 존재의

'참빛'이요, 온 적도 간 적도 없이 그 자리에 항상하는 '실재'
였다.

그리하여 보았다. '마음'이라는 판도라 상자의 명백한 내막.
우리들을 갖은 목마름으로 내몰며 환상과 번뇌의 늪으로 빠
뜨리곤 하던 그 상자의 적나라한 정체. 그 시작과 끝. 그리고
그 상자 너머에서 비로소 열려있는 명료한 삶의 자리, 실존의
자리….

우리가 늘 당도해 있으면서도 결코 당도해 있지 않은 그 자
리. 우리가 단 한 번도 떠나 있지 않았으면서도 언제나 떠나
있었던 그 자리. 이러저러한 생각과 감정과 관념들이 펼쳐내
는 저 먼 환상의 세계를 붙들고 있느라, 그 생각과 감정과 관
념들로부터 놓여나기 위해 이러저러한 도구들을 붙들고 씨름
하고 있느라, 언제나 떠나 있던 호흡보다도 가까운 그 자리.

마음이 엮어내는 환상의 꿈길을 헤매다 누군가가 탁! 쳐주는
탁자 소리에 정신이 '번쩍' 차려지며 돌아오는 바로 그 자리.
깨어있는 '지금 이 순간, 지금 여기'.

흔히들 인생은 무상하다고들 하지만, 그러나 그 아무것도 무상하지 않은 그 자리. 모든 것이 있는 모습 그대로 생생히 거기 있고, 자유자재로 움직이고 있는 생생한 생명이 거기 있고, 오직 '지금 이 순간'의 삶의 마당만이 존재의 오롯한 터전으로 펼쳐져 있는 그 자리….

그러니 내 그리움의 발길은 더 이상 갈 곳이 없었다. 그 등불이 환히 밝혀지던 그 순간, 나는 더없이 안온한 지복감 속에서 '영원'이란 걸 체험하며, 문득 그리움이 사라진 자리에 서 있었으니. 내 청춘이 닻을 올리던 그 어느 날, 내 영혼의 깊고 깊은 그리움을 캐내며 내 가슴에 켜졌던 창공의 별빛은 결국 그 등불을 점화시켜준 불꽃이었으니….

그리하여 나는 이제 그 등불과 함께 길을 가고 있다. 그 등불이 밝혀주는 길을 따라. 한 걸음씩 한 걸음씩 더 나아가며. 한 걸음씩 한 걸음씩 더 힘을 세워가며….

그 길에 이젠 끊어야 할 완주 테이프 같은 건 존재하지 않는다. 그 어떤 목적지도, 정해진 행로도 존재하지 않는다. 그런 건 애초에 있지도 않았으니. 그러니 그 길에 이젠 강박관념이란 건 없다. 오직 순간순간에 존재하며 걸어가면 될 뿐이니.

가는 도중 도중에서 미처 보이지 않았던 그물에 걸려 넘어지더라도, 그 또한 소중한 체험으로 받아들이며 훌훌 털고 일어나면 그뿐이니. 우리가 가는 길에 균형을 향하지 않은 길이란 없으며, 새 삶의 지평 아닌 자리는 없음이니….

이 책은 그 안심의 자리로 돌아오는 여정을 그린 귀환의 노래집이자, 깨어남의 길을 시적 비유를 통해 들려주고 있는 한 소박한 이야기집이다. 십여 년 전, 걸어오던 길들을 잠시 멈추고 오직 '지금 여기'에서 현존의 기쁨만을 맘껏 누리며 평화로이 숲을 거닐고 있던 어느 날, 광활한 마음의 쉼터로부터 예고도 없이 흘러나왔던….

그 노래들 속에는 그동안 나를 길러준 내 모든 길들의 교훈과 길벗들의 영혼이 소중한 거름으로 깃들어 있다.

그래서 지나온 모든 것에 깊은 감사와 사랑을 전하며, 우리 모두의 내면 가장 밑바닥에서 맑은 샘물처럼 흐르고 있는 '빛과 사랑'에 대한 기억을 두드려주고 북돋워주는 한 바가지 '마중물' 같은 그 노래들을 세상으로 놓아 보낸다. 그 노래들이 자유로이 제 길을 갈 수 있도록….

어디선가 깨어나고자 하는 누군가의 가슴에 청아한 울림이 되어주기를 바라며….

먼 곳에 계신 사랑하는 엄마, 아버지, 고마운 형제들, 그리운 내 선생님, 이 책이 세상에 나올 수 있도록 길고도 소중한 도움을 준 내 귀한 도반 상견 님, 이 책이 처음 나왔을 때부터 기쁨과 감동을 아낌없이 나누어주시고 기쁜 마음으로 추천 글까지 흔쾌히 써주신 김기태 선생님, 이 책을 이 아름다운 모습으로 만들어 세상에 내어주신 맑은소리맑은나라 김윤희 대표님과 김지영 선생님께 깊은 감사와 사랑을 전하며….

 - 14년 전, 「시지프스의 마을에 첫눈이 내리고」라는 제목으로 첫 출간했던 책을, 제목을 바꾸고 두 번째 손을 보아 재개정본으로 내며

우리의 여정은 지금 어디쯤

우리는 '대중의식'과 '기억'의 정체를 미처 보지 못한 채
그것이 이끄는 중력에 이끌려 다니느라
길을 잃고 방황하며 쉬지를 못하고 있다.

잃어버린 길

‘한 무리의 아이’와 ‘한 아이’가 길을 걷고 있다.

얼마쯤 길을 가자, 경쾌한 음악이 흐르고 붉은 우레탄이 깔려 있는 둥근 트랙이 길옆에 펼쳐졌다.

그때 ‘한 무리의 아이’ 중 한 아이가 두리번거리다 트랙으로 들어가 달리기 시작했다.
그러자 ‘한 무리의 아이’ 중 두 아이가 조금 망설이다 트랙으로 들어가 달리기 시작했다.
그러자 ‘한 무리의 아이’ 중 세 아이가 눈짓을 마주친 후 트랙으로 들어가 달리기 시작했다.
그러자 ‘한 무리의 아이’ 중 네 아이가 선뜻 트랙으로 들어가 달리기 시작했다.
그러자 ‘한 무리의 아이’ 중 다섯 아이가 트랙으로 들어가 달리기 시작했다.

그러자 '한 무리의 아이' 중 여섯 아이가 트랙으로 들어가 달리기 시작했다.

그러자 '한 아이'가 신발 끈을 만지작거렸다.

그러는 사이 '한 무리의 아이' 중 일곱 아이가 트랙으로 들어가 달리기 시작했다.

그러자 '한 무리의 아이' 중 여덟 아이가 트랙으로 들어가 달리기 시작했다.

그러자 '한 무리의 아이' 중 아홉 아이가 트랙으로 들어가 달리기 시작했다.

그러자 '한 무리의 아이' 중 열 아이가 트랙으로 들어가 달리기 시작했다.

그러자 '한 무리의 아이' 중 열한 아이가 트랙으로 들어가 달리기 시작했다.

그러자 '한 무리의 아이' 중 열두 아이가 트랙으로 들어가 달리기 시작했다.

그러자 '한 아이'가 트랙으로 들어가 달리기 시작했다.

트랙은 둥근 트랙이 아니어도 좋았다.

트랙은 경쾌한 음악이 흐르지 아니하여도 좋았다.

트랙은 붉은 우레탄이 깔려있지 아니하여도 좋았다.

'한 무리의 아이'는 어떠한 아이여도 좋았다.

'한 무리의 아이'는 달리지 아니하여도 좋았다.

'한 무리의 아이'는 그저 한 명이어도 좋았다.

'대중의식'이라는 둥근 트랙….

우리는 그 거대한 매트릭스 속에서 걷고 있다. 종교, 도덕, 윤리, 철학, 전통, 관습, 과학, 학문, 교육, 정치, 경제, 사회, 문화, 미디어 등 우리가 접하는 모든 영역에는, 아니 우리 삶 전체에는 대중의식이 깃들어있으며, 우리는 의식적이든 무의식적이든 그 거대한 틀과 연결된 가운데 그것으로부터 다양한 생활정보를 얻기도 하고, 삶의 양식을 배우기도 하고, 각종 지식과 지혜를 얻으며 살아가고 있기 때문이다.

그러나 어딘가에서 흘러나온 그 대중의식 - 정보, 이념, 사상, 이론, 견해, 제도, 규범, 규율, 규칙, 각종 생활방식이나 양식 등 밖으로부터 우리 의식으로 흘러 들어오는 모든 사고체계들 - 의 정체를 의심해 보거나 조명해 볼 여지도 없이 그것에 기계적으로 이끌려 다니거나 그것을 맹목적으로 믿고 따르다 보면, 우리는 자신도 모르는 사이에 획일적인 사고방식과 행동양식, 고정된 관념과 왜곡된 신념체계의 틀에 묶일 수 있다. 그리하여 은연중에 자신을 조종하는 그 결박 속에서 제한되고 왜곡된 삶을, 무의식적이고 기계적인 삶을, 자신의 삶이 아닌 대중의 삶을 살아갈 수도 있다. 심지어는 그러한 사실을 자각조차 하지 못한 채, 그 정체모를 물결에 실려 정신없이 떠다니거나 그것의 희생양이 되어 평생을 고투하며 살아갈 수도 있다.

누군가의 길을 따르면 옳거나 행복에 이르거나 안전할 것 같아서, 누군가의 길을 따르지 않으면 길을 잃거나 정상에 이르지 못하거나 세상과 관계로부터 소외되거나 도태될 것 같아서 무심코 따라 들어가는 길 위에서, 우리는 오히려 길을 잃어버릴 수도 있는 것이다.

그러니 잘 들여다봐야 하지 않을까. 자신을 끌어가고 있는 수많은 정보와 신념체계와 공식들을. 그것이 어디로부터 흘러들어온 것인지, 그것이 어떻게 해서 생겨난 것인지, 그것이 내 존재의 자유와 지혜와 행복을 제한하고 있지는 않은지, 그것이 나와 누군가를 부지불식간에 조종하고 있지는 않은지, 그것에 내 존재의 주권을 이양해줘 버린 건 아닌지…. 그리고 지금 이 순간에도 어딘가에서 흘러나오고 있는 그것을 덥석 거머쥐려 하고 있지는 않은지….

이 시는 그런 대중의식화의 한 과정을 형상화한 것이다. '경쾌한 음악', '붉은 우레탄'은 대중의식화의 과정에서 우리의 마음을 이끄는 감각적 요소를, '둥근 트랙'은 대중의식의 응집력과 폐쇄성을, '한 무리의 아이'는 대중을 상징한 것이다.

* 이 시는 시인 이상 님의 시 〈오감도〉를 주제를 달리하여 패러디한 것이다.

상황은 아무것도 하지 않았다

대략 오만 년 전이었어. 두 쌍둥이 형제가 태어난 건….

그런데 두 형제가 태어나면서 엄마가 세상을 뜨는 바람에 두 형제는 아버지의 보살핌 속에서 자라야 했어.

그리고 두 형제가 열네 살이 되던 해, 아버지마저 세상을 떠났어. 두 형제에게 아버지의 땅과, 다섯 마리씩의 양과, '언젠가 자신의 초원을 찾아 일구라' 는 유언을 남기고….

그래서 천지간에 오직 둘뿐이며 한 골육인 두 형제는 서로를 의지하며 삶을 일구어가야 했어.

그러나 다행히도 두 형제가 물려받은 아버지의 땅은 무척 풍요로웠어. 어린 두 형제가 힘들여 일하지 않아도 원하는 모든 것이 절로 주어지는 아주아주 기름지고 윤택한 땅이었어.

완만하게 경사진 언덕 골짜기에선 맑은 냇물이 사시사철 흡족하게 흘러내렸고, 비와 바람과 햇살은 모든 것이 자라나고 존속되기에 알맞게 주어졌어.

그 아래 씨를 뿌려둔 드넓은 초원에선 두 형제가 일용할 곡식과 열매가 절로 절로 자랐고, 양들이 뜯을 풀 또한 모자람 없이 주어졌어.

그래서 두 형제는 풍요와 평화 속에서 부모를 여읜 슬픔도 어느덧 잊고, 서로를 의지하는 기쁨 속에서 우애롭게 살아갔어.

그런 두 쌍둥이 형제의 편안한 품속에서 양들도 무럭무럭 자라나 예쁜 새끼 양을 몇 번씩이나 낳았어. 그래서 어느덧 형의 양은 스무 마리, 아우의 양은 스물네 마리가 되었어.

그러나 양들이 늘어나도 초원의 풀과 먹을거리는 여전히 부족함이 없었어. 그래서 두 형제는 여전히 풍요와 평화 속에서 근심 없이 잘 살았어.

초원에선 어떤 특별한 일도 일어나지 않았고, 언제나 반복되는 나날이 이어졌어.

그러던 어느 날이었어. 감미로운 미풍 속에서 양들이 평화로이 풀을 뜯고 있는 모습을 형은 흐뭇하게 바라보고 있었어.

그런데 그때 불현듯 아버지가 세상을 뜨던 날이 떠올랐어. 그러자 그때의 충격과 혼란과 두려움이 아련히 느껴졌어. 그래서 형은 조금씩 슬퍼지면서 쓸쓸해졌어. 그리고 그 슬픔을 되새기고 있는 동안 아직 한 번도 생각해 본 적 없는 생각 하나가 불쑥 올라왔어.

'저 양들도 언젠간… 아버지처럼 늙고 병들고 죽을 테지…? 그러면… 새 양들을 구하기 위해… 먼 길을 떠나야 할지도 몰라…. 저 양들을… 끝까지 보존할 수 있는 방법은 없을까…?'

한번 생각이 일자, 형은 점차 미궁 속으로 빠져들기 시작했어.

'그래…, 새끼 양들을 가능한 한 많이 태어나게 하는 거야…. 그러려면… 양들을 더 충분히 먹여야겠지…?'

'그런데…, 아우의 양들은… 너무 먹성이 좋아…. 아우의 양들이… 초원의 풀을 더 많이 먹어버리면 어쩌지…?'

'다섯 마리씩의 양들이 벌써 스무 마리…, 스물네 마리로 불어났잖아…. 머잖아… 양들은 쉰 마리…, 예순 마리…, 아니 그보다 더 많은 양으로 불어나게 될 거야….'

'그렇게 되면… 초원의 풀은 부족해질 수도 있을 거야…. 내 양들 몫의 초원을 미리 확보해두지 않으면… 어쩌면 내 양들은… 굶어 죽을지도 모르겠어….'

생각이 거기에까지 이르자, 형은 갑자기 불안해지기 시작했어.

그러자 어느 날부턴가 아우의 양들이 풀을 뜯어 먹는 모습이 눈에 거슬리기 시작했어. 그래서 형의 얼굴엔 수심과 조바심 이 자라나기 시작했어.

형의 모습이 그렇게 변해가자 아우는 걱정이 되었어. 그래서 형에게 이것저것 물어보았어. 무슨 근심거리라도 생겼느냐고. 함께 나누면 안 되겠느냐고. 우린 천지간에 오직 둘뿐인 한 골육이지 않느냐고….

그러나 형은 쉽게 마음을 털어놓지 못했어. 천지간에 오직 하나뿐인 아우가 상처를 받을까 봐….

하지만 날이 갈수록 형의 어둠은 깊어만 갔고, 고민을 숨길수록 형은 아우의 얼굴을 보기가 불편해졌어. 그러다 심지어는 아우가 싫어지기까지 했어. 마치 아우의 존재가 자기 수심과 조바심의 원인이라도 되는 것처럼.

그래서 어느 날, 아우의 상처를 배려하는 마음보다 자신의 두려움과 소유욕과 자신의 생각이 옳다는 판단이 더 강해진 어느 날, 형은 고민 끝에 용기를 내었어. 고민을 속 시원히 털어버리고 고통에서 벗어나야겠다고 결심을 한 거야.

그래서 형은 아우에게 고민을 털어놓았어. 그리고 조심스럽게 제안을 하나 했어. 초원 중간에 경계선을 하나 그어두는

게 어떻겠느냐고. 자신들은 서로의 양들을 잘 돌보아야 할 책임이 있지 않겠느냐고….

그 말을 들은 아우는 그 일이 처음 겪는 일이라 가슴이 무척 아파오고 외로워졌어. 하지만 깊은 생각 끝에 아우는 형의 염려를 이해해 주었어. 많은 나날 동안 혼자 앓던 형의 수심을 곁에서 힘들게 지켜보아온 아우로서는 그런 형의 수심이 자신의 아픔보다 더 크고 깊으리라 짐작했던 거야. 그래서 아우는 형의 제의에 동의해 주었어.

그래서 어느 날, 푸른 초원의 중간엔 하얀 선이 그어졌어.

그런데 그 후론 이상한 변화가 일어났어. 하얀 선이 그어진 이후론 아우의 마음에도 변화가 생겨나기 시작한 거야.

선을 긋자는 형의 제의에 아우는 처음엔 무척 외롭고 슬펐지만, 왠지 모르게 시간이 지날수록 하얀 선을 볼 때마다 자신의 마음도 자꾸 하얀 선에 머물러지게 된 거야.

'혹시 형의 양들이 저 하얀 선을 넘어오면 어쩌지…?'

그렇게 슬슬 불안해지기 시작하면서.

'하얀 선을 긋자고 한 형이 점점 야속해지는 걸…. 우린 하늘 아래 오직 둘뿐인 한 골육인데 말이야….'
그렇게 조금씩 섭섭해지고 속상해지기 시작하면서.

그래서 두 형제의 얼굴은 차츰차츰 변해갔어. 웃음이 사라지고 표정이 메말라갔어. 서로의 얼굴을 마주보는 대신 온통 마음을 하얀 선에다 기울여야 했으니까….

그런가 하면 한 켠의 마음에선 그 하얀 선을 넘어 상대편 초원을 더 차지하고 싶은 욕심도 슬슬 생겨나기 시작했어. 하얀 선을 긋고 보니 갑자기 자기 몫의 초원이 줄어든 느낌이 들어서….

그래서 두 형제는 감시하는 척하면서 상대편이 한눈을 팔고 있다 싶으면 자기 양들을 하얀 선 밖으로 슬쩍 풀어주곤 하였어. 그럴 때면 두 형제는 말다툼을 벌였어.

그런 말다툼은 날이 갈수록 심해졌어. 서로의 마음에 더 깊은 상처를 남겨가며….

그래서 두 형제는 또 생각해야 했어. 서로 상처를 덜 받고 미움이 덜 자랄 것 같은 방법을….

그래서 어느 날 두 형제는 생각해냈어. 붉은 벽돌을 견고하게 구워 하얀 선이 있는 자리에 높은 울타리 담을 쌓는 게 좋겠다고. 그리고 두 형제는 그렇게 하기로 합의했어. 그러면 싸움도 멎고 미움도 멎을 거라 여기고….

그래서 어느 날, 두 형제 사이엔 붉은 벽돌 울타리 담이 견고하게 세워졌어.

그리고 두 형제는 다시 평화로운 나날로 돌아갔어. 그러나 그 대신 두 형제는 다시는 형제가 되지 못했어. 높고 견고한 벽돌 울타리 담으로 인해 서로를 볼 수가 없었으니까….

그러다 보니 어느새 두 형제는 서로가 형제였음도 차츰차츰 잊어갔어.

그래도 두 형제는 바뀐 생활에 곧 익숙해갔어. 이젠 서로의 얼굴에 늘어난 주름살만큼이나 서로에 대한 매정함도 제법 늘어나 있었기 때문에. 그래서 나날은 별 문제가 없었어. 다시 마음 둘 데가 없어지고 무료해진 것 외에는….

고운 햇살이 노니는 초원에는 여전히 새들이 노래하고, 어여쁜 꽃들이 피고 지고, 반짝이는 초록 잎이며 탐스러운 열매며 황홀한 낙엽이 지천으로 뒹구는 가운데, 귀여운 다람쥐며 토끼며 감미로운 바람과 함께 초원은 언제나 쉴 새 없이 재잘거리며 소란을 피우고 있었는데….

그런데도 딱히 마음 둘 데가 없어 무료해하던 두 형제에게 슬며시 그 틈을 타고 또다시 슬쩍 손님이 찾아왔어.

초원에서 바라볼 것이라곤 오직 자신들의 양과 붉은 벽돌 울타리 담뿐이라고 여기고 있었는데, 더군다나 그 중에서도 붉은 벽돌 울타리 담은 하늘 아래 오직 둘뿐인 형제의 의리를 단념하면서까지 심각한 사태를 대비해 쌓아올린 자신들의 뜻깊은 창작품이었는데, 일이 일어나야 할 거기서조차 아무 일도 일어나지 않으니 슬슬 불만이 생기기 시작한 거야. 자신들의 노고가 아무런 쓸모가 없어지는 것 같기도 해서….

그래서 심심하던 두 형제는 담을 툭툭 건드려보기도 하고, 건너편을 넘겨다볼 수 있는 구멍이 있나 없나 틈새를 기웃거려보기도 했어.

그러던 어느 날 아침이었어. 두 형제의 양 한 마리씩이 각각 사라져버렸어.

그러자 두 형제는 마치 때를 기다려왔다는 듯이, 불같이 화를 뿜었어. 그리고 대번에 상대편 형제를 의심했어. 전에 충분히 겪어본 상대편 마음속의 미움과 욕심이 불처럼 떠오르는 바람에….

그래서 두 형제는 더 생각해볼 겨를도 없이 보관해두고 있던 기다란 사냥총을 꺼내왔어. 꺼내와서는 붉은 벽돌 울타리 담 꼭대기에 올라서서 상대편의 양들을 마구마구 쏘아대기 시작했어.

그동안 마음속으로 뜨겁게 달구어온 미움의 활화산을 터뜨려

버리듯, 상대편 양들의 붉은 피를 터뜨리고 또 터뜨렸어. 오
직 상대편 형제가 보다 많은 양들을 잃기만을 바라고 또 바
라며….

그리고 잠시 후… 초원엔 고요가 찾아왔어. 하늘과 땅을 뻥뻥
뚫어대며 천지를 울리던 총소리가 멎은 거야.

그러나 그 고요 속에서 두 형제는 보았어.

하얀 양들이 노닐던 푸른 초원엔 붉은 주검들만이 널브러져
있다는 걸. 아버지로부터 물려받았던 소중한 양들이 몽땅 사
라져버린 걸. 아버지로부터 물려받았던 평화롭고 풍요롭던 초
원이 한순간에 황폐하고 흉물스런 모습으로 변해버린 걸….
그리고 총을 들고 그 일을 함께 해온 자신의 옛 쌍둥이 형제
를….

그래서 두 형제는 너무나도 가슴이 휑해 왔어. 초원은 텅 빈
진공처럼 못 견디게 고요해졌는데, 두 형제의 가슴은 너무나
도 쓰리고 허탈해져서 두 형제는 서 있기조차 힘이 들었어.

    우리의 여정은 지금 어디쯤

그런 두 형제의 아픔과 초원의 큰 슬픔을 알기라도 하듯, 그 날 밤 하늘에선 장대 같은 폭우가 쏟아지기 시작했어. 그래서 사흘 밤낮을 초원에선 빗소리만이 소리 내었어.

두 형제는 그들 사이에 가로놓인 붉은 벽돌 울타리 담이 세 찬 비에 사정없이 두들겨 맞는 소리를 들으며, 죽은 듯이 몇 날을 보내야 했어.

미움으로 가득 차있던 마음자리가 갑자기 뻥 뚫린 듯 허전하고 횅해져서, 그 자리에 다시 무엇을 채워 넣어야 할지를 알 수가 없어서, 앞으로 그 어떤 아득한 방황의 길을 홀로 헤매야 할지를 몰라서, 두 형제는 그냥 텅 빈 가슴만 죽음처럼 끌어안은 채 주검처럼 늘어져 있었어.

그렇게 여러 날이 지났어.

그리고 얼마 후… 초원은 홀로 남게 되었어.

두 쌍둥이 형제가 기쁨에 들뜬 얼굴로 찾아와 반겨주고 껴안아주고 양들이 평화롭게 노닐며 함께 놀아주던 그 꿈같은 날들이 시작되기 전과 같이…. 마치 손님이 떠나버린 빈집처럼….

아, 근데…
초원은 홀로 남은 게 아니었어. 붉은 벽돌 울타리 담도 함께 남았으니 말이야.

아, 그리고…
초원은 정말 정말 홀로 남은 게 아니었어. 붉은 벽돌 울타리 담과 함께 남은 게 또 있었으니 말이야.

두 마리의 양…,
두 쌍둥이 형제가 서로를 불같이 의심하며 상대편 형제가 훔쳐갔다고 철석같이 믿었었던 그때 그 한 마리씩의 양, 그 양들도 초원에 남아 있었으니 말이야.

이제 하늘 아래 둘이 된, 빈손이 된 두 형제가 아버지의 유언을 떠올리며 자신들의 새 초원과 양을 얻기 위해 서로 다른 방향으로 외로이 먼 길을 떠난 후에도 말이야.

그 두 마리의 양은 두 쌍둥이 형제가 서로를 걷잡을 수 없이 의심하며 불같은 미움을 총으로 내뿜고 있었을 때, 두 형제 사이의 붉은 벽돌 울타리 담이 보이지 않는 저 멀리, 낯선 풀밭에서 평화로이 풀을 뜯고 있었던 거야. 자유와 모험을 즐기면서….

그 두 마리의 양이 그날 그 초원을 울리던 총소리를 들었는지 안 들었는지는 잘 모르겠어. 초원은 끝이 보이지 않을 만큼 넓었으니까…. 두 형제가 본 거와는 달리….

그리고 그로부터 먼 훗날, 두 쌍둥이 형제가 다시 만났는지 안 만났는지도 잘 모르겠어. 초원은 둥글다는 것 외엔….

상황은 언제나 가치중립적이다.

우리는 어떤 상황이 특정한 가치를 지닌 채 우리를 조종하거나 괴롭힐 수 있다고 믿고서 그것을 탓하거나 원망하거나 걱정하는 데

익숙해 있지만, 그 믿음은 오해에 불과하다. 어떤 상황에 가치와 판단을 부여하고 그것을 특정 방향으로 끌고 가는 것은 오직 우리의 생각, 즉 학습이나 경험으로부터 알아진 우리의 기억 속 선입견일 뿐이다.

그래서 상황의 전개를 깊이 들여다보면, 그것은 외부로부터 주어지는 게 아니라, 오히려 우리 내부로부터 일어나는 것임을 발견할 수 있다.

우리 안에는 수많은 정보가 저장되어 있다. '기억'이라는 이름으로. 그러나 그것은 대부분 왜곡된 상상의 이야기이자 허구다. 그것은 어떤 상황이나 대상의 전체 모습이나 진면목을 대변해주는 것이 아니라, 그 상황이나 대상의 특정 측면에 특정 견해와 특정 감정을 부여해둔, 지극히 주관적이고 인위적이고 편협적이고 제한적이고 추론적인 해석일 뿐이기 때문이다.

그럼에도 우리는 그 왜곡된 정보들을 사실인 양 간주하며, 그것을 절대적으로 믿고 따르는 경향이 있다. 그리하여 매 순간 새로이 만나지는 상황과 대상에 그 '신빙성 없는 과거 시나리오' 틀을 간단없이 적용해 버리고 만다. 또 한번의 왜곡된 판단으로 가상의 현실을 제작해 버리고 마는 것이다.

그 가상의 현실이 제작되는 순간, '지금 있는 그대로'의 현실은 즉
각 사라져 버림에도 불구하고. '지금 있는 그대로' 내 눈앞에 현존
하고 있는 인물 또한 즉각 가상의 인물로 둔갑돼 버림에도 불구하
고. 갖은 분리와 아픔과 가해자와 피해자를 불러들이며 고된 여정
이 펼쳐질 수 있음에도 불구하고….

그러니 잘 알아차려야 하지 않겠는가. 우리가 방심하고 있는 사이,
미풍처럼 살랑 일어나는 '기억 한 자락'…. 그리고 이어지는 '생각
한 자락'….

잠시 멈추어
남은 여정 길바닥 고르기

행인의 발길에 툭 툭 걸려드는 길 위의 돌부리는
행인의 발걸음을 일깨워주기 위해 거기 있는 것이다.
그러니 길을 걷다 발길에 툭 툭 돌부리가 걸려들 때면
가던 길을 잠시 멈추고 살펴볼 일이다.
또한 발길에 돌부리가 걸려들지 않을 때에도
보다 안전하고 편안하게 가고 싶다면
자주자주 멈추어 살펴볼 일이다.
지금 나는 깨어 있는가.
지금 나는 어떤 생각에 사로잡혀 있는가.
지금 나는 '지금 여기'에 있는가.

열차와 승객

열차에 오른 승객들

좌석표를 쥔 승객들은 곧장 예약석을 향해
좌석표를 쥐지 않은 승객들은 두리번거리다 빈자리를 향해

걸어간다

덜컹이며 열차가 출발하자 승객들은 더러는 안전벨트를 매고
더러는 매지 않는다

열차가 달리고 차창 밖으로 낯익은 풍경이 지나가고
낯선 풍경이 지나간다

서서히 제자리에 적응돼가는 승객들

하나 둘 잠에 들고
하나 둘 잠에서 깨어난다

차창 밖으로 서서히 도시가 멀어지고 옛 고향 들녘이 가까워오고
옛 고향 들녘이 멀어지고 새 도시가 가까워온다

현재와 과거와 미래가 한 자리에서 흐르며
'지금'을 달리는 열차의 차창 안에서

승객들은 현재에서 과거로
과거에서 미래로

달리기 시작한다

그 선로 위에서 길은 반복되고 반복되고

반복되는 길을 열차는 심심甚深하게 심심甚深하게 달려가고
승객들은 심심하게 심심하게 달려간다

달려가자 열차는 달릴수록 빈 배가 더 명료히 채워져 오고

승객들은 달릴수록 채워진 배도 괜히 더 출출해 온다

그러자 승객들은 때맞춰 굴러가는 심심풀이 오징어 땅콩 수레바퀴를
괜히 한번 더 뒤적여보고

간이역에서 신선한 바람을 몰고 껑충 뛰어오르는 김밥 광주리를
괜히 한번 더 불러 세운다

그러나 심심풀이를 질겅질겅 깨물고 씹어보아도
심심풀이로 배를 잔뜩 불려보아도

승객들은 또다시 슬금슬금
허기가 진다

심심할 틈이 없는 일상에 심심함이 보따리째 펼쳐진 길 위에서
승객들은 심심함이 더 없이 심심하기만 하다

그래서 더러는 오지도 않는 잠을 다시 청해보기도 하고
더러는 꽁꽁 묶어둔 과거이야기 보따리를 슬며시
차창 밖으로 펼쳐 놓는다

그러자 스쳐가던 색색깔 차창 풍경이 홀연히 사라지고
거기, 색색깔 과거 풍경이 알록달록 돋아나온다

방금 막 지나간 과거
요 금방 과거
가마아득한 과거…

그 과거의 거울이 비추어내는 바로 내일의 풍경
저만치 내일의 풍경
가마아득한 내일의 풍경…

‘어제’와 ‘내일’이라는 옷으로 치장된 온갖 과거의 풍경들이
드라마로 이어지고 이어진다

이제 승객들은 더 이상 심심할 틈이 없고 심심해질 수 없다
‘지금’의 풍경을 더 이상 볼 틈도 볼 수도 없다

곤히 잠에 든 승객들도 더 이상 심심할 수도
‘지금’의 풍경을 감상할 수도 없다

열차가 뜬눈으로 '지금'을 쉼 없이 달리는 선로 위에서
승객들은 '지금 여기'가 어딘지 깜박깜박 잊은 채

'내릴' 지점도 '새 열차로 갈아탈' 지점도
깜박깜박 놓친 채

달리고 달려간다

그 속에서 간혹 간혹 뜬눈으로 열차와 함께 달리는
승객들

내리고 갈아타는 홍조어린 그 뺨에
한 줄기 신선한 바람이
차갑게
스친다

우리의 인생행로와 여정의 태도를 그려본 것이다.

관념적으로 보면 우리 인생의 여정은 어제, 오늘, 내일이라는 선형적인 직선로를 따라 끝없이 이어지는 것 같지만, 존재론적으로는 언제나 '지금'이라는 선로 위에서 제자리를 진동하는 운동 속에 있다. 그 양면성 때문일까. 인생이라는 열차를 타고 그 선로 위를 달리는 승객들, 그 모습과 태도는 다양하다.

열차의 '예약석'을 미리 끊어두듯 삶의 목표를 확고히 설정해둔 채 오직 그 자리만을 향해 매진해가는 이들이 있는가 하면, 앞날을 그저 무한한 가능성으로 열어둔 채 유유히 나아가는 이들도 있다.

또 삶의 '안전벨트'가 되어줄 만한 각종 삶의 양식과 조건들로 지금과 미래를 단단하게 묶어둔 채 안전하게 가는 이들이 있는가 하면, 어느 상황에서나 안전할 수 있는 두려움 없는 마음으로 자유로이 나아가는 이들도 있다.

그런 가운데, 열심히 굴러가는 인생이라는 열차의 수레바퀴 위에서 눈과 마음을 늘 과거로, 과거로, 미래로, 미래로 떠나보내며 가

잠시 멈추어 남은 여정 길바닥 고르기

는 이들이 있는가 하면, 선연한 눈과 마음을 그저 '지금 여기'에 편안히 앉혀놓은 채 가는 이들도 있다.

열심히 굴러가는 일상의 수레바퀴 속에서 어쩌다 귀하디귀한 쉼이 찾아들 때에도, 심심함을 몰아내기 위해 덧없는 드라마나 일거리를 불러들이며 쉼 없이 가는 이들이 있는가 하면, 쉼 자체를 그저 지복으로 맞아들이며 풍성히 누리며 가는 이들도 있다.

쉼 없이 굴러가는 낡은 생각의 수레바퀴 위에서도 '내리고 갈아타야 할' 지점을 까마득히 모른 채 앉은 자리 그대로 가는 이들이 있는가 하면, '내리고 갈아타야 할' 지점을 그때그때 알아차려가며 '새 마음으로 갈아타가며' 가는 이들도 있다.

어떤 길이 더 안전하고 편안하고 옳은지에 대한 이정표가 없는 그 길 위에서, 이 길 저 길로 나뉘는 경계선도 없는 그 길 위에서, 승객들은 그렇게 서로의 모습과 태도를 비추어주며 달려가고 있다. 비어 있을수록 더 높이 진동해가는 인생이라는 열차의 선로 위에서….

역할극

무대를 메운
배경들
의미심장하다

무대 위에 하나 둘 등장하는
배우들
진지하고 의연하다

제각각 역할에 맞추어 분장한
모습들 표정들
다채롭고 흥미진진하다

이윽고 극이 전개되고

슬슬 환상의 연기가 피어오르고
스멀스멀 갈등의 그림자가 기어들고

무대는 꿈틀꿈틀

노을이 번지듯 감이 익어가듯
환상으로 번뇌로 물들어간다

물들어가 환상이 환상을 낳고
갈등이 갈등을 낳고
번뇌가 번뇌를 낳는 가운데

생명의 연료를 뺏고 뺏기고
생명의 연료를 뺏고 뺏기며

술이 익어가듯 알딸딸

무대는 익어간다

어딘가 고여 있던 홍분들

물길 만난 듯 꾸루룩
물꼬를 트고

반전에 반전의 흐름을 타고

밀물이 되었다
썰물이 되었다

산을 넘었다
개울을 흘렀다

폭포로 휘달렸다
역류로 치달렸다

강물로 갈앉았다
잠깐씩 산골물이 되었다

여력이 닿는 한
무대는 숨을 달구고
달구어간다

이윽고 진이 바닥날 무렵

배우들 하나 둘
항복을 하고
화해를 하고

숨 거둘 배우들
숨 거두어가고

살아남을 배우들
간신히 돌아와 살아남는다

안심 하나 건지기
길기도 길다

숨 한번 고르기
멀기도 멀다

불 밝혀져 제자리로 돌아오기
험난하고 험난하다

그러나 무대는
다시 일상으로 이어져

다시 저마다의 드라마로 배역들로
옮겨가고 옮겨가고

다시 생명의 연료를 뺏고 뺏기고
다시 생명의 연료를 뺏고 뺏기며

팽팽한 긴장 속 홀로 이어달리기
숨찬 릴레이 게임은 씩씩하게
씩씩하게 이어진다

여전히 갈등 속을 헤집고 다니며
여전히 역할극 배우들로 맹활약하는 가운데

홍시가 익듯 술이 익듯

무대는 무럭무럭
잘도 잘도 익어간다

배우들마다 그 역할과 그 배우가

곧 저인 척

시치미 뚝 떼고 있는 가운데

우리는 영화를 보러 영화관에 가고, 연극을 보러 공연장에 가고, 드라마를 보러 텔레비전 앞에 앉는 걸 즐긴다. 그러나 자신의 일상 속에서 자신이 직접 펼치고 있는 영화나 연극이나 드라마는 정작 보지를 못한다.

우리는 제각각 인생이라는 한바탕 생생한 연극의 주인공이다. 다양한 역할을 맡아 일인다역을 펼치고 있는. 또한 자신이 대본을 써가는 그 극 안에서 우리는 제각기 연출가이자 감독관이자 배우이자 관람객이다.

그런데 극을 사는 동안 우리는 그런 사실을 까마득히 망각한 채 마음이 이끄는 게임 속으로, 드라마로 빠져버리고 만다. 그리하여 환상과 갈등과 번뇌의 이야기들을 끊임없이 지어내며 펼쳐내고 있다. 이 무대에서 저 무대로, 이 대상에게서 저 대상에게로, 쉼 없이 옮겨 다니며. 끝없이 이어지는 그 대하드라마 속 주인공을 자기 자신인 양 오인한 채….

물론 드라마는 그 자체로 아름답다. 그것은 우리에게 인간이 지닌 온갖 감정과 느낌들을 체험할 수 있는 소중한 기회를 제공해주고, 우리의 성장에 필요한 풍부한 교훈을 몸소 체득하게 해주므로. 그래서 그것은 우리 인생 여정에서 더할 나위 없이 값진 교본이며, 그것을 실컷 살아보는 일은 우리의 특권이자 축복이 아닐 수 없다.

그러나 이미 살아본 드라마의 그림자를 질질 끌고 다니며 그 환영에 빠져 있거나, 그 고투와 폐해를 계속 반복해가며 이어가거나, 그와 유사한 게임을 찾아서 끝없이 기웃거리거나, 드라마 자체에 매몰돼 들어간다면, 우리는 드라마를 통해 교훈을 얻은 게 아니라 그 꿈속 게임에 중독되고 종속돼버린 것이다. 그것의 노예가 되어.

그러므로 건강한 삶의 주인공으로 살아가고 싶다면, 우리는 챙겨

잠시 멈추어 남은 여정 길바닥 고르기

야 할 필요가 있다. 우리 안의 '관람객'을. 무대 너머의 침묵 속에서 무대 위에서 펼쳐지고 있는 모든 광경을 지켜보고 있는 자, 그 '관조하는 빛'을. 펼쳐지고 있는 삶의 대본을 찬찬히 훑어볼 수 있게도, 자신의 행위와 태도와 마음의 흐름을 냉철히 자각해볼 수 있게도, 남은 삶의 대본을 새로이 쓸 수 있게도, 극의 방향을 새로이 잡을 수 있게도, 참역할의 주인공으로 거듭날 수 있게도, 드라마와 역할 연기를 넘어 참삶의 주인으로 돌아올 수 있게도, 드라마와 역할 연기 속에서 노닐더라도 그 중력에 매몰됨 없이 노닐 수 있는 힘을 기를 수 있게도 해줄 그 '깨어있는 빛'을….

아가야

태풍 매미호 매섭게
훑고 간 뒷날
바깥 창에 들러붙어 애걸복걸한다
문 좀 열어달라고
용케도 살아남은 아기 청개구리 한 마리 필사적으로 달라붙어

여긴 니가 살 곳 아니야 아가야
여긴 풀도 없고 땅에서 솟는 물도 없는
고층 메마른 아파트야 아가야
가엾지만 저기 아래, 풀밭이 보이지 않니
내가 보기엔 맨 풀밭이구만
저리로 내려가거라 아가야
저기가 니 살 곳이란다

태풍에 엄마도 잃고
언니, 오빠, 형도 여의었구나
헌데 눈마저 여읜 거니 아가야
내려가거라 내려가거라

헌데 이를 어쩌면 좋으니
어쩌면 좋으니 아가야

밤새 너는 어느 틈을 비집고 들어왔는지
베란다 문 오목한 홈 속에 기어이 들어와 있었더구나
하지만 너는 거기서 납작 뻗어
종잇장처럼 말라버렸더구나 아가야

터진 내장은 다 어디로 간 겐지
터져 나올 내장조차 미처 자라지 않았던 겐지
먹이를 담을 내장도 없이 배고프고 가슴 고팠을 세상에서
너는 죽음마저 허기지더구나 아가야

그 간밤에 내가 대체 무얼
했더란 말이냐 아가야

그 차갑고 무지막지한 샷시 문으로!

난 단지 샷시 문을 쾅!
닫았을 뿐이었는데 아가야
그 캄캄한 밤에 너 거기 들어와 있는 줄도 모르고

물 없던 그곳에
풀 없던 그곳에
눈 없던 그곳에
들어오자 그곳이 네 무덤이었다니 아가야

내가 너를 외면했던 게
그리도 매정했더냐 아가야

외로워 외로워
두려워 두려워
갈 곳이란 고작 거기 무덤뿐이었다니 아가야
깜깜 절벽밤눈이던 그곳이 니 영영 무덤이었다니 아가야

회오리 폭풍에 떤 니 가슴에

매정함에 운 니 가슴에
잔혹한 밤눈이 더 그리도 잔혹한 무덤이었다니 아가야

세상은 니가 본 이상으로 더 긴긴 낮들이
더 푸른 풀밭들이
더 안전한 웅덩이들이
있었는데

아가야
아가야

캄캄한 '밤눈'이란 생명을 돌보지 못하는 마음이요, 결여된 사랑이요, '한 생명' 사이에 흐르는 한마음을 가슴으로 채 느끼지 못하는 닫힌 가슴이요, 눈먼 의식이다.

우리가 부지불식간에 동료 생명체들을 억압하고 통제하고 그들에게 깊은 상처를 안겨주는 것도 그 캄캄한 밤눈이요, 어리고 여린 영혼들을 품어주지 못하고 지켜주지 못하고 그 영혼들을 병들어가게 하고 죽어가게 하는 것도 그 캄캄한 밤눈이다.

어느 해 여름, 매서운 태풍 매미호가 지나간 날 아침, 그 '아기 개구리'를 생각하면 지금도 가슴이 아릿해 온다. 그 모습은 바로 우리들의 모습이기에. 그 모습 속에는 우리들의 아픔이 그대로 깃들어 있기에….

거미에게 1

죄 나는 것들이구나
네 밧줄로 체포한 양식들

그러나 죄 주검이로구나
네 위장 가득 채운 날개들

하늘이 그리웁더냐
그러나 끈적이는 갈고랑이로 낚아도 낚아도 돌아오지 않더냐
네 날갯짓의 기억

하여 하늘이 모질게도 야속하더냐
팽팽한 오랏줄로 먹이를 낚아채도 낚아채도 채워지지 않는
네 검은 그리움

그렇다면 들어 보아라
네 오랏줄에 걸려든 뭇 날개들의 파닥임
그 처절한 무언의 호소

네 눈앞의 그 날갯짓이
살아있는 것인지 죽어가는 것인지

그 날개가
네 것인지 헛것인지

네 그리움이 슬픔이
하늘을 잃은 그것인지 너를 잃은 그것인지

네 하늘이 고향이
하늘인지 땅인지

그리하여 지금, 날개 돋지 않는 네 정직한 어깨로
외면하지 말고 보아라

엎드려 기는 네 가녀린 다리가

환멸의 십자가인지 네 날개인지

드넓고 푸른 하늘을 맘껏 나는 날개들이 사무치도록 부럽기라도 한 듯, 저도 땅을 기는 가녀린 다리 대신 그런 멋진 날개를 달고 하늘을 맘껏 날고 싶기라도 한 듯, 날개 달린 날것들을 가혹하리만치 집요하게 낚아채어 먹이로 취하는 검은 거미.

그러나 제아무리 끈끈한 접착제와 팽팽한 오랏줄로 그 날개들을 낚아채고 포박하여 가져본들, 그것들로 위장을 가득 채워본들, 그 날개들이 제 것이 되어주지를 않아, 그 날개들이 제 어깨에 돋아나 주지를 않아, 그 사무치는 슬픔으로 온몸이 새까맣게 타버린 듯한 검은 거미….

그런 거미의 모습처럼, 우리들도 흔히 자신의 '날개'를 바깥에서 찾곤 한다. 또한 삶의 고향이 '지금 여기'가 아닌 먼 어딘가일 거라고 믿곤 한다. 그리하여 허기와 그리움을 품은 채 오랜 원정을 떠나곤 한다. 잃어버린 날개와 고향을 찾아…. 자신과 자신의 삶의 조건을 비하하거나 경멸하거나 거부하기도 하면서…. '나 아닌 것'들에 부러움의 눈길을 흘깃흘깃 보내기도 하면서….

그 외면이 자신의 날개와 고향이 가려지게 한 안개이며, 그 오해가 그리움과 고투를 낳은 오랏줄임을 몰라본 채….

자신이 딛고 있는 '지금 여기'가 곧 하늘이며, 지금의 조건으로 살고 있는 자신의 모습이 자신의 날갯짓을 펼치고 있는 가장 아름다운 모습임을 몰라본 채….

지금 다소 부족하고 불편한 삶의 조건을 지니고 있다 할지라도, 그조차 자신의 성장을 위한, 자신의 날개를 더 건강하고 온전하게 펼치기 위한 최적의 체험 조건임을 몰라본 채….

자신은 그 모습 그대로 완전한 존재임을 몰라본 채….

거미에게 2

이슬 머금어 반짝이는 네 그물
비단결 같구나

아침햇살 받아 찬란한 네 날개
투명하다 못해 눈부시구나

거기까지만 아름답거라
거기까지만 네 황홀한 매력이거라

네 머리 위를 나는 싱싱한 아침의 날갯짓들도
거기서부터 눈멀지 말거라

이슬을 머금은 채 아침햇살을 받아 반짝이는 거미줄은 눈부시리만치 아름답다. 마치 찬란한 날개마냥. 그러나 그 반짝이는 화려한 투명함 이면에는 생명을 낚아채는 끈적이는 접착제와 밧줄이 숨어있을 수 있다. 그 너머의 창공으로 나아가지 못하게 붙드는….

그러나 그 '거미줄'은 책임져주지 않는다. 그 겉모습, 화려한 이미지, 성스러움과 미덕을 치장한 아름다운 가치체계와 계율들, 위대한 비밀을 감추어둔 양 이런저런 미끼로 현혹하는 몽롱한 가르침들, 성공과 행복과 구원을 쥐어줄 듯 유혹하는 온갖 우상들, 그 모든 왜곡된 권위의 옷을 입은 환상의 손짓에 유혹 당하여 그 접착제에 들러붙는 눈먼 몸짓을. 다만 그 현란한 빛에 눈멀지 말라고 일러줄 뿐. 단지 그것을 구경만 하라고 일러줄 뿐….

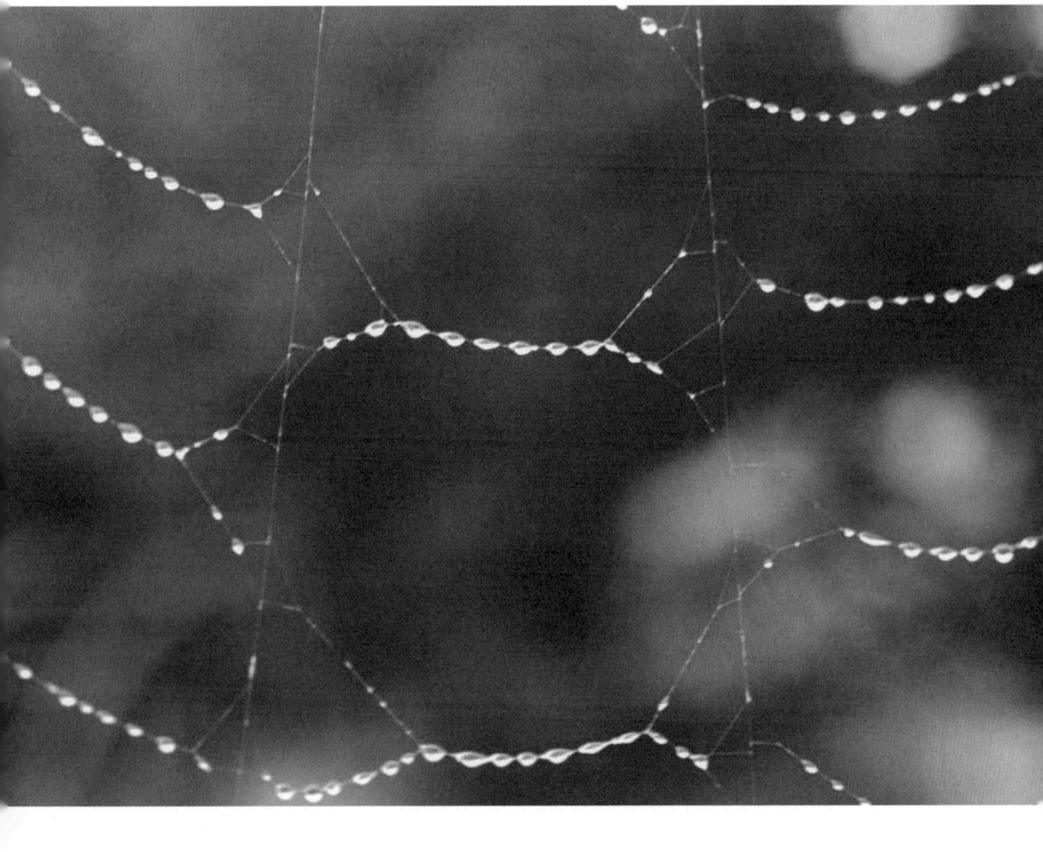

빈 저울

저울은 붐비다
시장 곳곳에서 물건을 사고파는 두 눈길이
물건의 값어치를 읽어내는 저울의 눈금 앞에서
저울은 초조히 붐비다

저울은 당당하다
거리 곳곳에서 마주치는 두 눈길이
재빨리 서로의 값어치를 읽어내는 저울의 눈금 앞에서
저울은 무거울수록 당당하다

저울은 정확하다
세상 곳곳에서 한 치의 오차도 없이 한 치의 에누리도 없이
물건을 값 매기고 사람을 값 매기는 저울의 눈금 앞에서
저울은 일말의 고장도 없이 정확하다

그 의기양양한 저울의 눈금 앞에서
만나고 헤어지는 무수한 사람들이
순종의 미덕을 순순히
배우고 익히다

그러나 빈 저울은
바람 속에서 달랑이다

무게와 눈금을 초조히 사들이고 표표히 돌아가는
쓸쓸한 그림자들의 등 뒤에서
빈 저울은 붐비는 바람 속에서
너울너울 춤추다

춤추다 허공 속으로
흩어지다

지혜로운 분별은 삶의 지팡이로써 필요하다.

그러나 지혜가 부족하기도 하고 '내 속에 내가 너무도 많은' 우리들은 사방으로 잣대를 들이댄다. 마주치는 사람, 일, 상황, 심지어는 자신에게까지. 그것이 옳은지 그른지, 그것이 선한지 악한지, 그것이 좋은지 나쁜지, 그것이 귀한지 천한지, 그것이 잘났는지 못났는지, 그것이 가치가 있는지 없는지, 그 값어치가 이만큼인지 저만큼인지….

그리하여 그 잣대 앞에서 서로의 이념이 갈리고, 신념이 갈리고, 인격이 갈리고, 성품이 갈리고, 가슴이 갈리고, 나아가 자신마저 갈린다.

그러나 그 허약한 분리와 왜곡을 순순히 사들인 채 쓸쓸히 돌아가는 외로운 그림자들의 등 뒤에서, 보이지 않는 바람 속의 '빈 저울'은 달랑이며 춤춘다. 춤추며 위로하듯 속삭여준다.

한쪽으로 치우쳐 있는 저울은 무겁고 아플 수 있다며…. 그러나 그 치우친 저울은 잠시 균형을 잃은 상태일 뿐이라며… 이원성

잠시 멈추어 남은 여정 길바닥 고르기

은 균형을 회복하고 유지하는 운동일 뿐이며, 둘로 나뉘어 보이
는 하나라며…. 균형은 비어있음이라며….

그러며 '빈 저울'마저 거두어간다. 허공 속으로….

선풍기와 생각의 수레바퀴

버튼을 누르면 수레바퀴는
돌아가지

버튼을 누르면 수레바퀴는
멈추지

수레바퀴는 손길을
기다리지

구르는 수레바퀴는 주인의 손길을
기다리는 중이지

무엇을 멈추게 하실 거냐며
무엇을 구르게 하실 거냐며

껌벅껌벅 주인의 손길만
기다리지

어떤 생각을 멈출지, 어떤 생각을 굴릴지, 삶의 버튼은 매 순간
주인의 손길을 기다리고 있다.

낙숫물

한 방울에 고인
번뇌
떨어진다
똑
!

고여보니
투명키만 한
번뇌
하릴없어
떨어진다
똑
!

내 언제 무게더냐
색깔이더냐
오달진 땅 불러 올려
들어보란다
똑
!

귀
뚫
어
증
명
하
란
다

똑
!
똑
!

번뇌는 색색의 옷(생각)이 입혀진 무거운 마음이며, 구름 덮인 하늘이다. 그러나 그것의 본성은 투명하다. 구름 걷힌 자리는 그저 맑은 하늘이듯….

생각이라는 것 또한 그 실체는 없다. 조건 따라 잠시 잠시 일어났다 흩어져 버리는 구름처럼….

낙숫물이 땅에 듣는 소리를 가만히 듣고 있노라면, 색색의 구름층이 뚫리며 새 하늘이 열리는 듯하다.

잠시 멈추어 남은 여정 길바닥 고르기

들어보면

풍경소리는 안을 울리고
밖으로 퍼져나간다

댕그렁
댕그렁

산으로 들로 퍼져나가는 풍경소리는
안을 울리고
밖으로 퍼져나간다

댕그렁
댕그렁

산 너머로 산 너머로 퍼져나가는 풍경소리는

제 내벽을 울린 후
뭇 짐승을 울리고
풀과 나무를 울리고
산을 울리고
사람을 울린다

댕그렁
댕그렁

만물의 내벽을 울리는 풍경소리는
저 먼저 흔들린 후
비로소 만물을 흔든다

사랑으로 흔들건
희망으로 흔들건
아픔으로 흔들건
근원을 알 수 없는 낯선 외로움으로 흔들건
저 먼저 깨어난 후
비로소 만물을 깨운다

더 들어보면

울리지 않는 풍경은
풍경이
아니다

존재의 울림은 안으로부터 일어난다. 그것은 제 내벽을 울린 후 밖으로 퍼져나간다. 사랑의 울림이건, 희망의 울림이건, 자유의 울림이건, 평화의 울림이건, 지혜의 울림이건, 그것은 제 내벽을 울린 후 밖으로 퍼져나간다.

모든 존재는 그 울림을 울리는 존재다. 그리고 그 울림은 시시각각 일어나고 있다. 안으로도, 밖으로도….

그 울림이 잘 들리지 않는 건 다만 그것이 소리가 없기 때문이다. 그것은 생각 이전에, 말 너머에 있기 때문이다.

그러나 귀 기울여보면 거기엔 소리가 있다. 우리는 그 소리 없는 소리를 통해 스스로 배우며, 또 서로를 일깨우며 살아가고 있다.

잠시 멈추어 남은 여정 길바닥 고르기

프랙탈 운동

산길 오르다
나뭇잎 한 장 주워든다
이리저리 들여다보니 재밌다
조그마한 아기 산들이 끝없는 산맥으로
뻗어나가 재밌다
이 손바닥만 한 나뭇잎 한 장에
이 우람한 산들이며 광활한 산맥이라니

톱니바퀴 같은 산맥 살며시 세워
손바닥에 살살 굴려도 본다
그 결에 또로로 세포들이 깨어나
까글까글 간지럽다 까르르 웃음이 돋다
이 조그만 산들이 산맥이
손바닥 안에서 내달리다니

저 유명한 만델브로트*의 재발견처럼, 그렇구나
‘구름은 구가 아니고
산은 원뿔이 아니고
해안선은 원이 아니’듯
나뭇잎도 매끈한 직선이, 삼각형이 아니구나

노을도
눈송이도
번개도
또 무엇도 그러하듯

무한한 부서짐과 굽음
무한한 해체와 건축
무한한 재생과 확장
그 자람의 운동, 그것이구나

그래서 새싹은 이토록 커다란 잎사귀로
산으로
산맥으로
자랄 수 있었구나

이래서 모든 완성은 완성 이전이며
모든 미완성은 미완성 이후구나

세상의 모든 도량형
나뭇잎 한 장만 못하구나

'프랙탈'이라는 말은 전체구조를 닮아있는 부분적 구조가 해체
와 건축, 부서짐과 굽음의 운동을 반복해가며 전체구조를 끊임없
이 재현하며 확장해가는 자연계의 모습을 기하학적으로 설명한
용어이다. 그 예는 나뭇잎, 나뭇가지, 나무뿌리, 산, 산맥, 인체의
혈관 구조, 기관지 구조, 순환계 구조, 신경계 구조, 뇌의 주름, 강
줄기, 해안선, 눈송이, 번개, 노을, 구름, 별의 분포 등 우주 전역에
서 두루 볼 수 있다.

그런데 프랙탈 구조를 띤 자연계의 그런 모습은 비단 자연계에
서만 볼 수 있는 게 아니다. 무한한 전체의 한 부분이자 무한한
전체의식의 한 표현인 우리 인간의 의식 또한 끝없는 해체와 건

축, 끝없는 부서짐과 굽음의 프랙탈 운동 속에서 끝없이 확장해 가고 있다.

특히 우리가 굳은 관념과 신념체계를 내려놓는 순간순간, 굳은 관점과 틀로부터 놓여나는 순간순간, 무언가를 인정하고 허용하고 받아들이는 순간순간, 그저 존재하는 순간순간, 제한된 인간의 의식은 본래의 순수의식으로 환원되면서, 무한한 전체의식과 하나가 된다.

그럴 때 우리의 삶은 우주의 섭리와 하나가 된다. 그럴 때 우리는 보다 순조롭고 보다 쉽게, 보다 충만하고 보다 원활하게, 나아가 절로 살아지게 된다. '구름은 구가 아니고, 산은 원뿔이 아니고, 해안선은 원이 아니'듯, 결코 고정적이지도 규정적이지도 정형적이지도 않은 자연이 그저 놓여있는 상태에서 절로 생장해가고 확장되어 가듯.

* 만델브로트(Benoit B. Mandelbrot): '프랙탈'이라는 용어를 만들어내고 프랙탈 기하학을 창시한 수학자이자 기하학자. 따옴표로 인용한 부분은 그가 프랙탈 이론을 소개하면서 언급한 예시 부분이다.

 잠시 멈추어 남은 여정 길바닥 고르기

폭설과 아이들 웃음소리

폭설 내린 아침
온 동네방네 스피커 타고 휴교령 울려 퍼진
하얗뿐인 아침

하늘을 찌른다
진공을 뚫는다
힘찬 팽이 돌고 돈다

놀이터로부터 울려 퍼지는
아이들 웃음소리

그 느닷없는 회오리 돌풍에
지축이 냉큼
차렷! 하고 바로 선다

그러자 그 순간
23.5도 휜 등에 얹혀 영겁을 기대 온
굽이굽이 과제 학습목표

23.5도 굽은 등에 숨어 영겁을 고여 온
서리서리 강리 강령

와르르르! 미끄럼을 타고
와장창창! 박살이 난다

태양을 뚫고 우주 끝을 향해
영겁을 뚫고 무한 끝을 향해

쨍한 구존 님 호령소리
거침없이 거침없이
휘달려만 가는데…

몇 해 전, 폭설 내린 어느 아침, 아파트 관리소 스피커로부터 휴교령이 울려 퍼진 어느 아침, 놀이터로부터 하늘을 찌르고 사방을 뚫으며 울려오던 아이들 웃음소리를 생생한 감동 속에서 들은 적이 있다.

온 세상은 오직 하얗기만 하고, 거기엔 오직 폭설과 한 패가 된, 거침없는 아이들 웃음소리뿐이었다.

그 쨍한 웃음소리가 머릿속을 뚫어버리던 그 순간, 지축이 냉큼 바로 서는 듯하였다. 힘들게 기울어져 있던 지축에 기대온 온갖 인생의 무거운 목표들, 과제들, 규정들, 기준들, 당위들, 신념들이 사정없이 쏟아져 내려 내동댕이쳐지는 것 같았다. 박살나는 것 같았다.

그 웃음소리는 '이미 구존되어 있는' 존재가 존재를 제한하는 갖은 구속들로부터 통쾌하게 벗어나 제 존재를 맘껏 외쳐대는 생명의 발산, 그것이었다. 가슴을 뻥 뚫어주던 그 청량한 감동은 지금도 생생하기만 하다.

잠시 멈추어 남은 여정 길바닥 고르기

아침마다 두레박이 때려

아침마다 두레박이 때려
아침마다 우물이 깨진다

아침마다 두레박이 도려내
아침마다 우물이 길려 나간다

아침마다 두레박이 내동댕이쳐
아침마다 우물이 박살이 난다

바람벽 속에 숨어 잔잔한 평원인 줄 알았던
둥근 벽 속에 숨어 찰랑이는 달인 줄 알았던

검은 우물이 아침마다 아침마다 하얗게 박살이 난다

영겁의 시간 동안 흩뿌려지고 심긴 뭇 씨앗들
그 어둔 샘 속에서 양육된 망울 망울들

다복 다복 풀더미들
소란 소란 꽃맹아리들
나풀 나풀 나비 벌레들
우북 우북 가시덤불들

그 허우적이는 우물 늪을
아침마다 두레박이 때려

새하얀 폭포수를 건진다
새하얀 낙화를 건진다

아침마다 하늘하늘 꽃잎이 진다
아침마다 소복소복 씨앗들이 저문다

아침마다 아침마다 새 벌판이 열린다
아침마다 아침마다 두레박이 때려

잠을 깨고 일어난 아침은 늘 새롭다. 무의식 속에 심겨 있던 뭇 기억의 파편들, 그들이 펼쳐내는 시나리오를 한바탕 꿈으로 살아 내고 깨어난 아침은.

혹은 환상의 낙원을 아쉽게 두고 나온 듯, 혹은 질펀한 늪에서 힘들게 빠져나온 듯, 혹은 무성한 가시덤불을 아슬아슬 헤치고 나온 듯, 꿈으로부터 화들짝 깨어난 아침은.

비로소 지저귀는 새소리가 귓속으로 들려오고, 햇살 가득한 세상이 뜬눈 속으로 쏟아져 들어오고, 콧속으로 폐부로 신선한 산소가 스미어드는 새 아침을 새 숨으로 들이키며 새로이 시작하는 아침은.

그런데 그런 아침은 그 아침에만 만나지고 마는 게 아니다. 우리는 그 싱그러운 아침을 하루 내내 이어갈 수 있기 때문이다.

긴 하루 내내 내 안의 '우물 – 영겁을 살아오는 동안 무의식 속에 저장돼 온 온갖 관념과 감정들의 샘 –'을 비추어주고 흔들어 주고 두드려주고 깨뜨려주는 모든 이, 모든 것들, 모든 상황에 의해 깨어나는 모든 순간들도 그런 아침이기에. 때때로 바라보이는 내 안의 '우물'을 내가 스스로 흔들어버리고 그 '우물'로부터 빠져나오는 순간들도 그런 아침이기에. 깨어있는 모든 순간이 바로 그런 아침이기에.

잠시 멈추어 남은 여정 길바닥 고르기

숲에만 가도

숲에만 가도 발길 차인다

빈 하늘 투성이다

구르는 솔방울

이발 저발 내두르고

재잘둥이 새들 옥구슬잔치

두 귀를 뚫고

돋는 잎새 흔들리는 잎새

지는 잎새 누운 잎새

뒹구는 잎새 떠나가는 잎새

잎새는 잎새마다 바람 차서

빈둥거림이라곤 없다

흐르는 바람은 흐르는 바람대로

바람 타는 꽃씨는 바람 타는 꽃씨대로

흩날리는 향기는 흩날리는 향기대로

바지런히 알밤 끌어다 쟁이는 다람쥐는 다람쥐대로
한눈팔 여념이 없어
온통 빈 하늘 투성이다

그래서 숲에만 가도
내딛고 띄우는 발걸음마저 빈 하늘 휘감아
덤으로 숲이다

숲에만 가도 온통 깨어있는 세상이다. 숲은 온통 '빈 하늘', 즉 빈 마음으로 '지금'에 있느라 한눈팔 여념이 없다.

그래서 숲에만 가도 내 안에 성큼 빈 하늘이 돌아와 숲과 하나가 돼 버린다. 그저 숲만 보고, 듣고, 맡고, 감촉하고, 느끼며, 숲에만 있게 된다. 어떤 잡념도 불러들임 없이 오직 '지금 이 순간, 지금 여기'에 오롯이 있게 된다.

길 따라
길 일구며

있는 그대로의 자기 자신과 세상을
있는 그대로 바라보며 미소 지을 수 있다면,
보이는 것이 들려주는 이야기에 가만히 귀 기울일 수 있다면,
보이는 것은 그대로 사랑이고
들려오는 건 온통 자유와 평화와 진리를 일깨우는 사랑 노래다.

가을 산과 다람쥐

가을 빈산 걷는데
쩍 벌어진 싱싱한 알밤 한 송이
툭
듣더라

그 후박진 가을 천심에 앞에 가는 객
웃음 쩍 벌리며
오동통통 어여쁜 알밤 한 알
냉큼
주워들더라

그런데 아서라

후두두두

알밤 뒤따라 그 자리에 다람쥐 녀석
냉큼
내려서더라

내려서서는
발끝 있는 대로 다 치켜세우고
손끝 있는 대로 다 찔러대며
갈 곳 잃은 알밤까지도 혼쭐 물컹 빠지게
따지고 따지고
또
따져대더라

조목조목
무슨 시비 해대는지
무슨 성화 해대는지
산도 객도 객 뒤의 객도
다
알아듣겠더라

그 소리 어찌 크던지

그 성화 어찌 우람하던지
쩌렁쩌렁
가을 빈산을 울리고도 남더라

그래도 지나가는 객은
소리도 못 내고 우스워죽겠는데
텅 빈 가을 산에 느닷없이 홀로 내버려진
객

산山만큼 커져버린 그 몸 숨길 데도 없이
뒷모습조차
오들오들
외롭고 초라하더라

가을 산길 한적하고 멀리 차 소리 멎었는데
느닷없이 산보다
우람해진
다람쥐 녀석

저 혼자

내내
가을 빈산의 주인이더라

어느 가을 산길을 걷던 중 뜻밖에 구경하게 되었던 재밌는 광경
이었다.

'엄연한 내 것' 당당히 주장하며 '내 것 가로채는 얌체 같은 너'
를 똑 부러지게 야단쳐대던 고 조그마한 다람쥐 녀석의 모습이
참을 수 없이 귀엽고 똘똘하고 야무지고 당차게도 보이더라마
는, 어쩐지 좀 쓸쓸한 여운을 남겨주기도 하였다.

그 모습에서 언뜻 우리 안의 커다란 에고를 봐버린 듯해서 그랬
을까. 무르익을 대로 무르익어 무성한 낙엽에 풍성한 열매까지
가진 걸 아낌없이 다 내주던 가을 빈산의 넉넉하고 커다란 품과
언뜻 대조되어 보여서 그랬을까. 아니면 번잡하고 팍팍한 도심
에서 모처럼 벗어나 고요하고 한가롭고 평화롭기 그지없는 텅
빈 가을 산길을 맘껏 즐기며 거닐던 중이어서 그랬을까.

길 따라 길 일구며

그러나 그 또한 지나가는 나그네의 스쳐가는 분별심일 뿐. 그때
를 떠올리면 지금도 입가에 웃음이 돌기만 한다.

해바라기와 들국화

해바라기가 헤벌리고 웃으니
들국화가 수줍다

하늘에 닿은 친구는
하늘이 간질여

땅에 닿은 친구는
땅이 간질여

키가 다른 두 친구는 마주보며
서로 우습다

두 웃음이 오르락내리락하는
그 웃음이 우스워

두 친구의 친구들도 오르락내리락하며

온통 우습다

아기 산새와 웅덩이

아기 산새가 웅덩이 물을 쪼았는데
웅덩이가
웃더라

쫀 흔적을 찾으려 아기 산새가 두리번거리니
웅덩이가 더 크게
웃더라

어! 저 웃음 하늘에까지 퍼져가려나
갸우뚱 아기 산새가 고개 들어
하늘을 보니

물 한 모금 아기 산새 목젖을 타고
하나

둘
셋

동심원 그리며 아기 산새 몸 안에서도
웅덩이가
웃더라

아기 산새가 웅덩이 물 한 모금을 쪼아 고개 들어 삼키는 장면이다.

쪼인 웅덩이 물이 쪼인 흔적도 없이 동심원을 그리며 퍼져나가는 모습을 보고 있노라니, 마치 누군가에게 쪼이고도 다 받아주고 허허 웃는 맘씨 넉넉한 아저씨 같다. 그래서 그 물을 삼키는 아기 산새 목구멍으로도 그 넉넉한 맘씨가 퍼져나가는 것 같다. 허용이 허용을 낳고, 사랑이 사랑을 낳듯….

그 물의 성품, 그것은 우리 안에도 깃들어있다. 모든 만물에도 깃들어있다. 그것은 우주 만물의 바탕성품이기에….

장난감 양팔저울과 쌀 한 톨

귀염둥이 양팔저울
자랑할 알통이라도 있으려나?

살며시 올려본다

한 팔에 쌀 한 톨
한 팔에 검정콩 한 알

애걔? 다시!

한 팔에 쌀 한 톨
한 팔에 강낭콩 한 알

에이, 다시!

뭐 좀 화끈한 거 없나?
그래!

한 팔에 요구르트 한 병
한 팔에 쌀 한 톨

그래, 이거야!

쨉도 안 되는 쌀 한 톨
니가 최고야!

봐봐
요구르트 팔뚝에 볼록 알통 솟는 거
네 덕에

봐봐
요구르트가 쿵! 하고 엉덩방아 찧으며 폭소를 터뜨리잖아
네 재롱에

봐봐

요구르트가 슝! 하고 대번에 널 하늘로
떠받들잖아

귀여운 장난감 양팔저울. 그 저울도 안다. 판단의 게임을 놓아버린 가벼움의 덕성. 상대방을 있는 모습 그대로 있게 해줄 줄 아는 허용의 덕성.

그 덕성 앞에서는 무거움도 본질적으론 무거움이 아니다. 단지 개성일 뿐.

그래서 그 덕성 앞에서는 누구든 자신감이 솟는다. 무거운 요구르트 팔뚝에 볼록 알통이 솟듯.

그래서 그 덕성 앞에서는 누구든 존재하는 모습 그대로 즐겁다. 무거운 요구르트가 '쿵' 하고 엉덩방아를 찧으며 폭소를 터뜨리듯.

그래서 그 덕성을 지닌 존재는 그 자신 또한 상대방으로부터 주저 없는 섬김을 받게 된다. 요구르트가 쌀 한 톨을 '슝' 하고 대번에 하늘로 떠받들어 버리듯이.

나비가 된 검은 들고양이

인적 끊인 숲속
한갓진 벤치

환한 공터 펼치며
앉았다 가란다

문득 손짓하는 허기

두 다리 뻗고 가방 열어
후덕한 친구 같은 빵 한 덩이 꺼내든다

꺼내들어 그 후덕한 볼살
한 입 살포시 깨물려는데

화들짝 다가온다 맞은편 숲속
검은 들고양이 한 마리 사뿐사뿐

저 때문인지
나 때문인지

쨍강 동강난 두 조각 노란 눈동자
검은빛 소스라치게 더 검어져

번쩍 밝아온다
두 개의 내 검은 동공

밝아와 주저 없이 뜯겨나간다
막 깨물려던 후덕한 빵 한 조각

아슬아슬 좁혀지는
날선 거리

그 거리에 살포시 징검다리 놓듯 놓아준다
막 깨물려던 후덕한 빵 한 조각

그러자 저 때문인지 나 때문인지

댕강 동강나 얼어붙었던
두 조각 노란 눈동자

눈 녹듯 포근히 합쳐져
징검다리 깨물고 나비 되어 날아간다

나풀나풀 그 뒷걸음에
화알짝 드넓어지는 인적 끊인 대낮 숲속

덩달아 푸드득 날갯짓하는
나무들 새들

인적 끊어진 숲속에서 문득 마주치곤 하는 검은 들고양이는 언제나 정신이 번쩍 들게 하는 친구다.

길 따라 길 일구며

한 치도 흐트러짐 없는 그 날선 노란 눈동자와 마주치는 순간이면, 머리카락이 쭈뼛 서듯 내 온 존재가 깨어나곤 한다. 흩어져 있거나 먼 데로 달아나 있던 의식의 빛 조각들이 단숨에 제자리로 돌아오듯. 그래서 두 빛이 마주보는 그 순간은 서늘하리만치 번쩍인다.

그러나 두 빛은 서로를 잘 몰라 경계심으로 곤두서곤 하는데, 그럴 때 내 손에 녀석과 가까워질 수 있는 매개체가 들려 있으면, 녀석은 경계선을 허물며 사뿐사뿐 내게로 다가온다.

그때 아슬아슬한 그 거리에 '징검다리' 하나를 살짝 놓아주면 녀석은 그 징검다리를 덥석 반기며 깨물어 든다. 그 순간, 둘 사이에 얼어붙어 있던 거리는 온데간데없어진다. 그 순간, 둘의 가슴은 해빙을 맞는다. 그 순간엔, 주변도 덩달아 활짝 드넓어지며 날갯짓한다.

모든 존재들 간의 관계도 그런 것이 아닐까. 서로 몰라서 경계선을 두르고, 오해하는 거리만큼 날이 서곤 하지만, 선입견과 두려움의 벽을 허물고 한 걸음 다가가고 다가오는 순간, 허상의 경계선이 녹아내리는. 그래서 언제든 하나가 될 수 있고, 서로를 통해

더 큰 존재로 확장될 수 있는…:

그러나 살아가면서, 또 누군가와 마주하면서 한 걸음 물러나고 한 걸음 다가선다는 것, 그건 생각만큼 쉬운 일은 아니다. 그건 내 관점을 유보하거나 허무는 용기이며, 이해의 거리를 확보해내는 능동적이고 숙성된 관용의 힘이기 때문이다.

그러나 그 한 걸음만 확보할 수 있어도 우리는 종종 세상을 안을 수 있는 소중한 기회를 얻곤 한다.

길 따라 길 일구며

어느 만추滿秋 이야기

아낙은 물 길러 가고

남정네는 햇살 받는 마루에서 꾸벅꾸벅 낮잠에 들고

마당가 흰둥이는 아낙 따라 마실 갔는가

그랬다 하더라

뒤뜰에는
하나만 따먹어도 덩실 배불러 올
함박 홍시

가을이 늘어지도록 달려 있었다

하더라

뭐, 적선삼매인가

그랬다 하더라

누군가

저고리를 흠씬 적신
그때 그
홍시 감물이

지금도 덩실덩실
배 불려온다

하더라

'빈 마당'은 내 것, 내 생각을 주장하고 고집하는 나(我)가 없는 자리다.

그 넉넉하고 한가로운 자리는 누군가가 맘껏 드나들 수 있고, 누군가와 조건 없이 나눌 수 있는 마음자리다. 지나가던 나그네가 안심하고 들어와 '뒤뜰에 무르익은 함박 홍시를 저고리가 흠씬 젖도록 배불리 따먹을 수 있는', 그런 편안하고 풍성한 마음자리다. 즉 '적선삼매'의 자리다. '적선'이라는 명명조차도 없는. 주고 받는다는 생각조차도 없는….

그 '가득 찬 가을(滿秋)'과도 같은 빈방 한 칸씩이 우리들 맘속에도 마련될 수 있다면…. 우리들 맘속에서 다시 살아날 수 있다면….

길 따라 길 일구며

네잎 클로버의 행운

몇 해를 수그리고 찾아봤는데
없더라

틈만 나면 가던 길을 멈추고
기도처럼 무릎 꿇고 들추어봤는데도
없더라

치!
숨으려면
숨으라지!

고작 그 위로밖에
더 해줄 게
없더라

그래서 돌아서는 발길 위에 켜켜이 쌓여가는 허탈은
무능이나 불운인 줄
알았더라

그러나 그 허탈이 세월 따라 두터워지더니
더 이상 허탈 앞에 무릎 꿇지
않더라

낯선 숲길 모롱이에서 팔랑이며 손짓하는 무성한
클로버 밭을 불쑥 마주칠 때에도
그저 눈인사만 하고선 지나칠 줄
알더라

그 태연한 담담함에
깝죽대던 네잎 클로버도 으스대던 숲도 잠잠히 고개
수그리더라

다시는 가던 길 가로막지
않더라

그래서 때로는 무능이나 불운이 더 훤히 길
틔우더라

찾지 못한 행운이 더 날아오르게
행운이더라

우리는 행복을 발견하기 위해 여기저기를 기웃거린다. 숨은 '네잎 클로버'를 기필코 찾아내고파 하듯. 그러나 그 길 위에서 그것이 찾아진 기쁨보다는 찾아지지 못한 좌절과 허탈과 공허를 더 많이 경험하곤 한다. 왜 그럴까, 왜 그것은 쉬이 찾아지지 않는 걸까, 하는 의문과 함께.

그래서 두리번거리며 그 길을 계속 걸어간다. 우리에게 행복을 쥐어줄 행운이 기필코 주어지기를 기대하며.

그러다 그 길의 느슨한 한 길목쯤에서 우리는 무릎을 탁! 치며 전혀 뜻밖의 진실을 만나곤 한다. 우리 곁에 지천으로 널려있는

'세잎 클로버'의 꽃말이 바로 '행복'이었다는 사실을. 행복은 이미 우리와 함께 해오고 있었으며, 결핍감은 오해였다는 사실을. 행복을 발견하지 못한 눈이 곧 불운을 발견하는 눈이었으며, 행복을 누리지 못하는 마음이 곧 불운을 부르는 마음이었다는 사실을.

그래서 그 길목쯤에서 우리는 통쾌한 한바탕 웃음을 터뜨리곤 한다. 행복이란 '훗날'의 보물이 아니라, 바로 '지금'의 보물임을 알아채고서. 그 보물은 그 어떤 신기루가 아니라, 바로 '지금 이 순간'에 존재하는 그 자체임을 알아채고서. 숨 쉬고, 움직이고, 걷고, 말하고, 보고, 듣고, 맡고, 감촉하고, 느끼고, 먹고, 놀고, 일하고, 즐기고, 자고, 깨어나고, 체험하는 모든 것들이 있는 '지금 이 순간', 그 자체가 축복이요 행복임을 알아채고서. 결핍이나 불행으로 여겨지는 순간조차도 풍요와 행복을 발견할 아름다운 돌계단이요 멋진 보물임을 알아채고서.

그래서 그 길목쯤에서 우리는 멋들어지게 한 수 배우곤 한다. 아름다운 포기에 대해. 찾아감의 멈춤에 대해. 행복을 누리는 진정한 비법에 대해….

그리하여 우리가 그 충만한 길 위에 느긋이 들어서 있을 때, 숨어 있던 행운들도 살며시 우리를 찾아오곤 한다. 우리가 까마득히 모르는 사이에 '세잎 클로버' 한쪽 옆구리를 뚫고 희귀한 잎 하나가 살며시 고개를 내밀듯….

삭정이의 꿈

깊은 산골 밤
폭설 님이라도 오시는 밤
동그마한 둥지 하나
손짓하면 달려가리라

깊고 깊은 산골 밤
사륵사륵 백설 님이라도 강림하시는 날
동그마한 아궁이 하나
손짓하면 달려가리라

이내 빈 몸으로
따스한 둥지 하나
몽개몽개 피워 올릴 수 있다면

이내 빈 몸으로
소박한 둥지 하나
몽개몽개 피워 올릴 수 있다면

마지막 한 방울 축축함마저 마저 거두어
이내 다사로운 빈 몸으로
달려가리라

담아도 담아도 넘치지 않는
이내 넉넉한 빈 몸을 넘치도록 품고서
달려가리라

달려가 이내 빈 몸
남김없이 온기가 되리라 풍요가 되리라

깊은 산골 밤
지상에서 가장 청아한 겨울밤
이 지상에 따스한 둥지 하나 틀자시며
펑펑 폭설 님이라도 연서를 보내시는 밤

그 밤이 오면
맨발로 달려가리라

달려가 이내 빈 몸 굽이굽이 여울져 흐르는
뜨거운 가을날의 전설을
태우고 태우리라

마침내 물 벗고 누운 날의
온 누리 불타는 쉼 불러일으키는 이내 황홀한 평화를
사르고 살라

마침내 몸 벗고 누운 날의
깊은 땅속 조막손 세워 일으키는 이내 후끈한 열정을
사르고 살라

지상에서 가장 따사로운 둥지 하나
품고 또 품으리라

삶도 죽음도 없는 이내 뜨거운 빈 몸으로
태양보다 찬란한 불꽃을

피우고 피우리라

지상에서 가장 아름다운 밤
태우고 태우리라

말라 죽은 나뭇가지, 삭정이.

새싹들이 돋고 노닐고 자라나 꽃을 피우고 열매를 맺을 수 있도록 터전이 되어주고, 나무가 생장하고 뻗어나갈 수 있도록 통로가 되어준 후, 더 이상 그 소임을 이어갈 수 없을 때, 깊은 땅속에서 꿈틀거리는 또 다른 새싹들이 새 가지로 돋아나올 수 있도록 자리를 내주며 땅으로 떨어져 나오는 삭정이.

자신에게 주어진 삶을 생명을 다 바쳐 살아낸 후, 마침내 가벼운 빈 몸이 되어 무량한 쉼의 평원으로 내려앉는 삭정이.

이 땅에 귀한 생명들을 받아내고 길러내느라 거칠 대로 거칠어

지고, 메마를 대로 메말라지고, 삭을 대로 삭아진 우리들의 할머
니 손 같기만 한 삭정이.

숲에서 만나지는 그런 삭정이에게선 한량없는 이야기가 스미어
나온다. 그래서 발길을 멈추고 가만히 귀 기울여본다. 거룩하고 긴
생의 여정을 마치고 이제야 평온히 누워 쉬는 그 마른 손에게….

그런데 이제 막 길을 떠날 참이란다. 이제 막 길을 나설 채비를
차렸단다. 삶을 마치면 삶이 끝나려니 했는데, 삶은 이제 겨우
시작이란다. 삶에서도 죽음에서도 자유로워진 이제야, 생사를 초
월한 이제야, 거침없이 한세상 살아낼 배포가 생겼단다. 삶의 모
든 습기를 다 걷어낸 이제야 비로소 그 몸 남김없이 다 바쳐 넉
넉한 한세상 원껏 피워 올릴 성싶단다.

그래서 새로이 솟는 그 뜨거운 열정으로 깊은 산골 오두막의 아
궁이불이 되어, 꺼지지 않는 사랑과 평화의 불꽃이 되어, 이 세상
을 오래오래 데워주고 덥혀주고만 싶단다.

오백만년 전 소금의 노래

오백만년 전 호주의 어느 호수에서 걷었다는 소금 님이
내게 오셨다
그 소금 님을 지금의 내가 감히
먹는다
오백만년 후 한국이라는 땅
호주의 호수 아닌
이곳에서

우리는 이리도 가까웠던가
우리는 이다지도 멀어질 수 없던가

오백만년 전 호주 어느 호수에서 내게 온 소금 님을
조그만 나무절구로 곱게
빻아

지금의 내가 먹을 나물에
한 알 한 알
뿌린다

오백만년 지난 한국 땅
오백만년 전이 되기까지
천만년 전인가 억만년 전인가부터 서서히 서서히 호수가 되어 온
그 바다인가 사막인가 오아시스인가 어딘가가 아닌
여기 이곳에서

놀라워라

온몸에 사르르
오백만년 전 소금 님이
밴다

감히 지금 내가 먹는 나물에
스며
감히 지금 내 침 속에
녹아

시간과 공간 태어나기 이전으로
내 세포들 총총 일으켜
세우려
선홍 피들 쌩쌩 내달리게
하려
그 피들 따라 쌩쌩
내달리려

간간히 밴다
간간히 밴다

상하지 말아라
상하지 말아라
늙지 말아라
늙지 말아라
너는 태고로부터 나이니라
나는 태고로부터 너이니라
나는 지금의 너희이니라
내 조상 대대로
내 자손 대대로

나는 너희와 한몸이니라
아니 아니, 그대들이 태초로부터
우리들의 집, 바다이니이다

일상 속에서 만나지는 한 알의 소금에도 시공간이 없는 우주의
섭리가 배어있다. 청정한 '지금 이 순간'이 바로 태초의 청정함
그대로인 섭리가. 때 묻을 수도, 상할 수도, 늙을 수도 없는 우리
본성의 섭리가.

그리고 한 알의 소금에도 시공간이 한 자리에 있는 우주의 섭리
가 배어있다. 지금의 몸과 마음과 영혼이 정화되면 과거와 미래
의 몸과 마음과 영혼도 함께 정화되는 섭리가. 오랜 세월을 살아
오면서 때 묻고, 상처받고, 찌들고, 늙어진 우리의 몸과 마음과
영혼도 '지금 이 순간'에 의해 청정하고 건강하고 젊고 생기로운
본래 모습으로 되돌아갈 수 있는 섭리가.

길 따라 길 일구며

저 투명한 아침이슬처럼

어둠 속에서 울고 있다면
저 아침이슬을 보라

해 지고
밤 내려
서리 울음으로 배어나

이윽고
해 돋고
실바람 불어
한 자국 눈물 흔적도 없이

저 한 망울 아가의 눈망울로 떠오른
아침의 열매를 보라

실바람이 흔들어도
더 동그마니 동그마니

햇살이 찔러도
더 초로롱 초로롱

저 깨뜨려도 깨뜨릴 수 없는
한 망울 아침의 눈망울을 보라

어둠 속에서 울고 있다면
저 한 떨기 푸른 잎새의 알맹이를 보라

어둠에서 나도
어둠으로도 물들일 수 없는

울음에서 나도
울음으로도 물들일 수 없는

저 한 떨기 눈물보다 영롱한
아침의 승리를 보라

어둠 속에서 울고 있다면
저 한 송이 빛의 정수를 보라

만 빛으로 온몸이 젖고 젖어도
결코 만 빛으로 젖지 않는

저 한 송이 홀로 우뚝 선
아침의 영광, 무구를 보라

이윽고 숨 거둔다 해도
마침내 만상으로 피어나고 마는

저 지고도 돌아오는
한 아름 무아를 보라

저 스러지지 않는
생명의 빛

저 텅 빈 듯 가득 차 있는
여여한 사랑을 보라

저 옹골진 한 송이 투명하고 영롱한 빛….

우리 안에도 저와 같은 빛이 있다. 우리 안에도 저 아침이슬만큼이나 순수하고 청정무구하고 초롱초롱한 광명의 빛이 있다. 티하나 없이 맑고 깨끗한 순수의식의 빛이 그것이요, '지금 이 순간'에 또랑또랑하게 깨어있는 빛이 그것이다.

그 빛이 우리의 참빛이요, 참본성의 빛이다. 우리 모두의 내면 가장 밑바닥에는 그 순수한 빛의 샘물이 변함없이 흐르고 있다. 그러므로 그 빛이 켜져 있는 한, 우리는 그 어떤 어둠에도, 빛의 환상에도 물들 수 없다. 물든 것 같아 보이더라도, 그 빛 안에서 녹지 않고 스러지지 않는 어둠이란 없다.

그 빛은 빛 중의 빛이요, 빛 중에서도 가장 맑고 밝고 따스하고 온화하면서도 강한 사랑과 포용의 빛이요, 꺼지지 않는 생명의 빛이기 때문이다. 또한 그 빛은 '만 빛(온갖 생각과 감정과 느낌, 경험)'이 노닐고 스쳐가는 동안 그저 그것을 온몸으로 허용해주는 빈 바탕이 되어주고, 모든 것을 있는 그대로 바라보고 비추어주는 거울이 되어줄 뿐, 그 어떤 빛에도 물들거나 휩쓸려가거나

고착되지 않는 부동의 빛이기 때문이다.

그러니 어둠 속에 있다고 느껴진다면, 그 빛을 선연히 켜들 일이
다. 어둠이란 실재하는 것이 아니라, 그 빛으로부터 차단되고 분
리된 듯한 느낌일 뿐이며, 그 결핍감이 자아내는 갖은 생각과 감
정들에 의해 내면의 빛이 가려진 상태일 뿐이며, 그 마음속 동굴
을 현실로 인식한 채 그곳에 안주해 있는 상태일 뿐이며, 어둠을
'나'라고 믿으며 빛을 갈구하고 있는 상태일 뿐이므로….

길 따라 길 일구며

우리는

너는 나의 사랑을 간곡히 구했다
그러나 나는 너의 사랑을 구하지 않았다

나는 너의 사랑을 간곡히 구했다
그러나 너는 나의 사랑을 구하지 않았다

그리하여 우리는 엇갈리는 사랑 속에서
애타게 사랑을 구해야 했다

그래서 우리는 사랑이라는 이름으로
한사코 너를 구걸하러 나서야 했다

그리고 우리는 사랑이라는 이름으로
한사코 너를 내게 붙박아야 했다

그리하여 우리는 사랑이라는 이름으로
한사코 너의 빈자리를 채우려 했다

그러나 쓸쓸한 어느 먼 훗날 우리는
내가 사랑할 내가 없어 울어야 했다

그리고 쓸쓸한 어느 먼 훗날 우리는
내가 만나야 할 내가 없어 울어야 했다

그리하여 쓸쓸한 어느 먼 훗날 우리는
비로소 사랑이 떠나간 자리를 울어야 했다

애초에 사랑할 나도 없이
애초에 사랑받을 나도 없이
사랑을 찾아 쓸쓸한 길을 헤매어야 했던 우리는

그러나 헤어짐도 종국엔 만남의 일이라
그 슬픈 걸음 어느덧 한 땀, 한 땀,
피맺힌 그리움의 바느질로 꿰매어져

이제 우리는

우리가 내다버린 숱한 나를 다시 데려오려 한다

그리하여 이제 우리는

우리가 내다버린 숱한 우리를 다시 데려오려 한다

비로소 첫사랑에 다가가고 있는 우리는

비로소 사랑의 기슭에 이르고 있는 우리는

첫사랑의 대상은 바로 자기 자신이다.

우리는 막연히 자신 안의 빈자리를 느끼며 그 빈자리를 메워줄 대상을 '사랑'이라는 이름으로 끊임없이 찾아 나서곤 하지만, 그 갈구의 끝에서 결국 자신을 만나게 된다. 비로소 첫사랑의 대상을 만나게 된다.

자신이 진정으로 사랑해야 할 존재는 다름 아닌 자기 자신이며,

자신을 진정으로 사랑하지 못하는 한 그 누구도 진정으로 사랑
할 수 없을 뿐 아니라, 그 누구와도 진정으로 하나 될 수 없기 때
문이다.

또한 본원적인 사랑이란 누군가에 의해 얻어질 수 있거나 채워
질 수 있는 그 무엇이 아니라, 근원으로부터 그저 흘러나오는 충
만함이요 안온함이며, 그저 본연의 자신과 함께하는 것이며, 그
저 '지금 여기'에서 자신의 모든 것을 받아들이고 포용하며 있는
그대로의 자신과 함께하는 것이며, 존재 그 자체가 바로 사랑이
기 때문이다.

그러므로 사랑의 대상을 찾아 끊임없이 바깥을 떠돌던 초라한
구걸의 시선을 과감히 멈추고, 그 시선을 오래도록 내버려두었던
자신에게로 돌려, 자신이 진정으로 사랑해야 할 대상으로서 자
신을 대면할 수 있을 때, 우리는 비로소 사랑이 무엇인지를 알
수 있게 될 뿐 아니라, 자신 안의 빈자리의 정체가 무엇이었는지
를 깨달을 수 있게 된다. 그 빈자리란 다름 아닌, 자신이 자신으
로부터 떠나 있었던 자리였다는 사실을….

그리하여 그 진실한 자각 속에서, 본래 충만한 자신의 본자리로

길 따라 길 일구며

기꺼이 돌아와, 자신의 모든 모습들 – 못나 보이는 모습도, 추해 보이는 모습도, 부족해 보이는 모습도, 나약해 보이는 모습도, 초라해 보이는 모습도, 비참해 보이는 모습도, 외면하고 싶고 인정하고 싶지 않고 내치고 싶고 내다버리고 싶은 모습들까지도 – 을 남김없이 다 데려와 조건 없이 품어주고 어루만져주고 사랑해줄 수 있을 때, 우리는 비로소 사랑 그 자체로서의 자신을, 사랑 그 자체로서의 품을 회복할 수 있게 된다.

그리하여 비로소 누군가를 진정으로 이해하고 존중하고 받아들이고 사랑할 수 있는 기슭에 이르게 된다. 그리하여 비로소 누군가와 진정으로 하나 될 수 있는 기슭에 이르게 된다. 모든 사랑은 진정한 자기회복과 자기수용과 자기사랑으로부터 비롯되기 때문이다.

길들은

길들은 제각각 함정을 품고 있었다
내가 그 함정을 미리 보지 못했을 때
길들은 제각각 다른 함정을 품고 있었다

그러나 어느 날 그 함정이 미리 보이기 시작했을 때
길들은 다양하게 변장한 내 미망의 한 얼굴을 품고 있었다

길들은 제각각 함정을 품고 있었다
내가 그 함정을 미리 보지 못했을 때
길들은 제각각 누군가가 파놓은 함정을 품고 있었다

그러나 어느 날 그 함정이 미리 보이기 시작했을 때
길들은 내가 파놓은 함정을 품고 있었다

그 후로 길들은 저마다 사원을 품고 있었다
내가 내 미망의 여러 얼굴들을 들여다보기 시작했을 때
길들은 땅속 깊이 내가 세워둔 사원을 품고 있었다

그 후로 길들은 저마다 설법을 품고 있었다
내가 잊어버린 내 얼굴을 기억하기 시작했을 때
길들의 무수한 돌계단은 땅위로 걸어 나오기 위해 내가 묻어둔
성스러운 설법을 품고 있었다

그러나 어느 날 내가 그 순례길마저 거두어들였을 때
길들은 더 이상 함정도 사원도 품지 않았다

내가 오래전에 길들의 땅속 깊은 곳에 묻어둔 등불을
밖으로 환히 내다 걸었을 때
길들은 더 이상 미망인도 순례자도 기다리지 않았다

그래서 길들은 저마다 아름다운 길을 품고 있었다

내 안의 등불을 발견하지 못했을 때, 길은 깜깜하기도 하고 험난
하기도 하다. 그래서 이따금 함정에 빠지기도 하고, 미로에 갇히
기도 한다. 그러나 그런 길도 걷다 보면 그 안에 등불이 감춰져
있음을 보게 된다.

그 등불이 차츰 밝아져 길들이 품은 교훈이 읽힐 즈음이면, 바깥
으로 난 모든 길들은 본연의 나로 돌아오기 위해 내가 내 안에
설정해둔 행로였음이 보이게 된다.

그러다 안팎의 등불이 환히 켜질 즈음이면, 길은 그저 '지금 여기'
에 존재하는 그 자체임이 보이게 된다. 또한 길은 그저 주인을
실어 날라줄 대기 중인 수레로 보이게 되고, 자신이 곧 길임이 보
이게 된다.

그러니 아름답지 않은 길이 어디 있으랴. 아름답지 않은 시점이
어디 있으랴.

금이 아름다운 건

금이 아름다운 건
그것이 때를 아는 정직한 앎이기 때문이다

금이 아름다운 건
그것이 차오른 들숨의 자연스런 날숨이기 때문이다

금이 아름다운 건, 그것이

풍선 속에서 팽팽히 부푼 바람이 인내를 다하고 사명을 다한 후
비로소 광활한 고향 벌판으로 첫발을 내딛는
눈물어린 첫걸음이기 때문이며

묵혀있던 어둠이 눈부신 매가 되어
너울너울 새 하늘을 열어갈

웅장한 날갯짓의 전주곡이기 때문이다

그리고 금이 아름다운 건
그것이 갈라짐이 아니라 다만 터짐이기 때문이다

때가 되면 일어날 일은 일어나게 돼 있다. 야무지게 꿰매둔 옷의 실밥이 갑자기 '툭' 터지거나, 병아리가 부화하려는 순간 달걀 껍데기가 '쩍' 갈라지거나, 숨죽이고 있던 꽃의 씨앗이 '파박' 터지거나, 한껏 부푼 꽃봉오리가 '펑' 터지거나, 단단한 시멘트 바닥에 가느다란 균열이 생기거나, 친하게 지내고 있던 사이에 틈이 생기거나, 어떤 인연이 끝날 조짐이 보이거나, 다니고 있던 직장에서 해임될 조짐이 보이거나, 멀쩡해 보이던 땅에 지진이 일어나거나…, 예측하지 못했던 모든 변화의 움직임은 때가 되면 일어나게 돼 있다.

우리에게 일어나는 모든 일은 자연의 섭리며, 그 일이 일어나기까지 무르익어온 에너지가 순리를 따라 제 길을 틔워가고 열어가는 과정이기 때문이다.

그러므로 어떤 형태를 띠고 있든 그것은 적절하고 합당한 우주적 질서요, 조화요, 사랑이다. 그것이 다소 충격적인 모습을 띠고 있을 때조차도 그것은 우리를 추락시키는 징벌이나 불행이 결코 아니다. 오히려 거기에는 신성한 변화의 에너지가 더 한껏 내포되어 있으며, 정체된 에너지가 풀려나고 새 에너지가 유입될 역동적인 생명력이 더 한껏 깃들어있다.

즉 그것은 우리에게 분리와 파국의 아픔을 안겨주기 위해 오는 것이 아니라, 새로운 삶을 펼치고 건설해갈 새 에너지의 장을 열어주기 위해 오는 것이다.

그러므로 '금'이 생기는 모든 순간은 우리가 새 삶의 기류를 탈 아름다운 기회다.

길 따라 길 일구며

콜라병 뚜껑을 따며

생명이 풀려난다
보글보글
생명이 숨 솟아난다

수천 년을 밀봉해둔
생명의 숨결
시원한 한 줄기
숨 꽃이 터져 나온다

톡 쏘는 생명수
혀끝을 찌르고 목구멍을 파고들어
싸아 하니 혈관을 타고
온몸으로 퍼진다 퍼져 나간다

수천 년을 묵은 체증
씻은 듯이 뚫려 나간다

힘껏 흔들어
수천 년을 묵은 세포
힘차게 깨워
펑
뚫어주면

보글보글 생명수
단숨에 강물로 넘친다 넘쳐 흐른다

드디어 사랑이 풀리어난다

생각의 압력으로 가두어 두었던 순수의식의 물꼬를 시원히 틔워 줄 때, 생명은 비로소 숨통을 터뜨린다. 원천의 생기를 회복한다.

그 존재의 원천으로부터 솟아나는 순수한 생명에너지가 곧 생명

수요, 감로수다. 우리 생명을 넘치는 사랑으로 적셔줄. 넘쳐흘러

다른 생명까지 흠씬 적셔줄…

길 따라 길 일구며

쌍무지개 뜨던 날

쏘나기 쏟아졌다
쨍 갰다
쏟아졌다 쨍 갰다
지리산 한여름 한나절
오직 계곡 물소리 샛푸른 잎사귀 흙빛 땅 내음
소리이고 빛이고 향기이던
신선의 마을에서

우산도 모자도 배낭도 없이
젖었다 말랐다 젖었다 말랐다
대여섯쯤 전생 후두두두 씻겨
선녀 되던 그날

해지기 직전 새처럼 표표히 내려오던

지리산 끝자락 사과밭쯤

괜히 두둥실
쌍무지개 떠올랐다

세상에, 세상에, 저거 봐, 저거 봐
딱히 말도 떠오르지 않아
두 발만 팔짝 팔짝 팔짝

어쩌냐, 어쩌냐, 어쩌냐,
저거 좀 봐, 저거 좀 봐, 저거 좀 봐,
어여쁜 님 오실 소식이라는데,
그렇다는데,

천상으로 날아가 버릴세라
망각의 안개로 흩어져 버릴세라
두근거리는 손가락으로 초조히 휴대폰 화면으로 담아
보고 또 보고
보고 또 보고

괜히 일 년을 아무도 몰래 고개 슬금 내밀어
괜히 혼자서 배실 배실
언제 오시려나
언제 오시려나
반가운 님 소식

그러나 일 년이 지나고
더 일 년이 그렇게 지나
괜히 혼자 겸연쩍어지어
그리움 슬그머니 휴대폰 저장방으로 옮겨 담으며

다시 보자꾸나 꼬옥 쌍무지개야
내 꼬옥 다시 너를 찾아가마

내님 오시는 날
그 사과밭 그 언덕 그 아래
내 기어이 내님 손잡고
너 쏙 빼닮은 네 거울 되어주러 가리
네 황홀한 전생
비추어주러 가리

쌍무지개야 쌍무지개야

수컷은 그리움으로 농익고 농익어
암컷은 그리움으로 녹아내리고 녹아내려
그 하염없이 품어온 그리움 행여 떨어뜨릴세라
만나서도, 만나서도 그 그리움의 등 차마 펴지 못하던
한 쌍아 한 쌍아

무엇보다도 둘 사이에 그 은은한 거리
비어있는 듯 차 있는 듯

온 하늘 붉은 노을보다도 아릿하고 아릿하던
둘 사이에 그 황홀한 거리

한몸의 존귀한 두 몸
돌보고 돌보느라
비어있는 듯 차 있는 듯

돌아보건대 그 출렁이는 거리가 있어
바람 피리 흐르는

그 우아한 통신로가 있어
너는 그리도 눈부시도록 깊었더구나

씻기고 씻긴 자리에서
남김없이 서로가 된 자리에서
두둥실 절로 균형이던
한 쌍아 한 쌍아

다시 보자꾸나 꼬옥
그 사과밭 그 언덕 그 언저리에서

내님 모시고 우리 마주 보는 두 쌍으로 서서
그 비어있는 한몸까지도 한몸 되게
원도 없이 한 쌍으로 포개지자꾸나 꼬옥

언젠가 본 적 있었을까. 그러나 생전 처음 본 듯 반갑기 그지없던, 한여름 지리산 끝자락 쌍무지개 한 쌍….

오직 계곡 물소리뿐이던 신산 속에서 소나기에 씻겼다 말랐다 씻겼다 말랐다 청정한 관욕의식을 치른 후라서 더 그리도 어여쁘고 반가웠을까. 더없이 어여쁜 내 님 만나 더없이 황홀한 행복을 살고 천상에 이르면 그런 황홀한 모습일까….

절묘하리만치 균형 잡힌 그 암수 한 쌍의 현현(顯現)이란…. 더구나 둘 사이의 그 빈 거리란…. 서로의 존재를 훼손함 없이 있는 그대로 지켜주며 돌보고 있던….

아, 돌아보면 그 빈 거리야말로 신(神)의 성소가 아니던가!

동행

우린 이미 약속했지

그리고 그 약속을 기억하고 있어

어둠이 다하고

외로움이 다하고 슬픔이 다하는 날까지

사랑 있는 날까지

함께 하기로

우린 발맞추기로 했지

그리고 그 동의를 기억하고 있어

발걸음이 다하고

길이 다하고 길이 있는 날까지

서로 다른 발걸음이 아름다운 합창으로 울려 퍼질 때까지

함께 걷기로

그리고 우린 지금 어깨 두르고 있지
사랑 속에서 함께 걷고 있어

때론 발걸음이 술렁 빠지고
휑하니 빈 듯한 발판이 느껴질 때도 있지만
그럴 때도 우린 지표를 다지는 조율 중에 있지

우리가 협화음을 깜박깜박 잊고 불협화음으로 삐걱거리는 동안에도
우린 기억 속의 아름다운 협화음을 불러들이며 가고 있어

건반인 발판은 협화음을 한결같이 기억하고 있어
우리가 걸음을 떼기 전부터 그러했듯

그러니 발판의 선율이 우리 귀에 들려오는 한
우리 사이는 별 탈이 없어
우린 자연스럽게 잘 가고 있어

간혹 소리가 들리지 않을 때에도
우린 거대한 화음을 이루며 잘 가고 있어

손과 어깨들이 잘 보이지 않는다면

어둠 속에서 빛나는 주변의 환한 건반들이

잘 보이지 않는다면

믿음으로 불을 밝혀 보아

새끼손가락 걸고 팔짱 끼고

상냥한 미소 지으며 걷고 있는

우주 가득한 온기를 상상해 보아

큰 그림이 잘 보이지 않을 땐

그냥 큰 그림 속을 걷고 있다고 믿어 보아

청명한 방 한 칸 가슴 속에 마련하여

귀를 더욱 깊숙이 기울여 보아

그러면 머지않아 온기와 함께 화음의 선율이 울려올 거야

귀 기울임만으로도 음률의 토대가 세워질 거야

큰 그림이 눈앞에 나타날 거야

그러니 기뻐해도 좋아

누군가와 함께 가고 싶다고 했었으니
그와 함께, 그들과 함께, 우린 그렇게
외롭지 않게 가고 있으니
약속의 땅, 그 온기 속에서 우리는

약속의 땅, 누가 뭐래도 우리의 땅은 약속의 땅이다. 서로 다른 발걸음이 협화음을 이루며 거대한 합창으로 울려 퍼질 때까지 어깨 두르고 함께 가기로 동의한….

때론 서투른 불협화음으로 서로 비꿋거리기도 하고, 서로의 가슴이 통해지지 않아 가슴이 휑해질 때도 있지만, 그러나 세상은 얼마나 아름다운가. 서로의 부딪힘조차도 잊어버린 약속을 기억해 내게 하는 뜨거운 불꽃이고 보면. 서로 간의 침묵의 거리조차도 웅장한 화음의 선율이 흐르는 거대한 사랑의 가교이고 보면. 단지 함께 가고 있다는 믿음만으로도 온기를 느낄 수 있는 우리네 세상은….

그리하여 사랑이 온다

풍경소리 타고
사랑이 온다 사랑이 온다

바람결 타고
사랑이 온다 사랑이 온다

풍경 꽃 피우는 소리
풍경 꽃 피어나는 소리

바람결 타고
바람꽃 피어온다 바람꽃 피어온다

온 누리에 온 누리
번져온다 번져온다

바람결 타고
바람결 타고

꽃 피우는 소리
꽃 피어나는 소리

바람꽃 피어
바람꽃 피어

바람꽃은 빈 마음의 숨결이요, 바람 따라 흐르는 사랑과 평화의 숨결이다. 풍경을 울려 풍경 꽃을 피어나게 해주고 그 향기를 널리 널리 퍼져가게 해주는 것도 그 바람꽃이요, 우리의 내면에 신성의 꽃이 피어나게 해주고 그 향기를 널리 널리 퍼져가게 해주는 것도 그 바람꽃이다.

그러니 온 누리에 바람이 흐르듯 그 바람꽃이 우리들 내면 곳곳에 피어난다면, 세상은 사랑과 평화의 향기로 그윽하고 그윽해지리라.

시지프스*의 마을에 첫눈이 내리고

시지프스의 마을에 첫눈이 내리고
눈 내리는 창마다 등불이 켜진다

이불 밑에 찔러 넣는 아담의 손바닥에
따스운 아랫목이 환한 불을 지펴오면
이브는 아이들을 부르고 복된 저녁상을 차려든다

시지프스의 마을에 첫눈이 내리고
눈 내리는 창마다 등불이 켜지면

김 오르는 국 한 그릇, 더운 밥 한 공기
저마다 하루를 떤 입김들이 돌아와
다리를 부리고 앉는다

시지프스의 마을에 첫눈이 내리고
복된 밥 뱃속에 자비로이 퍼져와

참 잘했군, 참 잘한 일이야

서로의 하루가 용납되고
걸어온 먼 길이 데워지고 다독여지며
저마다 어깨가 결려오던 길들이 노글노글 나래를 굼틀여오면

이 골 저 골에서 하루를 휜 등
파르르 파르르 나팔꽃으로 펴오른다

그렇듯 죄 될 것도 없는 하루를
그러나 또 하루를 살아낸 하루의 신화가 빛바래지 않도록
이브는 빙그레 설거지로 더운 몸을 옮기고
아담은 구석구석 먼지를 줍고 자리를 닦는다

그동안 때 묻을 것도 없는 아이들이
둥그런 광주리를 들고 광으로 가
둘, 넷, 여섯, 여덟,

투박하고 모 없는 고구마를 함박지게 담아오면

안방 윗목에서 때를 기다리던 질화로가
더덩실 자리를 펴고 앉아
식구를 늘리고 방을 늘리고
구성진 신화를 더욱 구수히 데워간다

발그레 파르레 언 볼들이 말랑말랑 녹아가며
하루를 지은 덕이 그렇게 푸욱 푹 곰삭아가는 저녁을
질화로는 발갛게, 고구마는 타박타박
잘도 잘도 익어간다

포근포근 첫눈 내리는 시지프스 마을 골목에는
하얗게 새하얗게 고요가 익어 가는데
창을 열어둔 안방에선 하는 말은 밤이 깊을수록 잦아들고
듣는 말은 밤이 깊을수록 방을 넘친다

그런데 그 그윽함에 정작 취해가는 건 창밖의 첫눈이라,
안방의 저마다가 저마다를 불러주는 살가운 이름마다에
다정한 첫눈은 하나하나 입을 맞추며 전율을 떤다

물컷 홀컷 노오란 고구마 한입씩 베어 문
따끈따끈 세상이야기 창밖으로 흘러넘칠라치면
한몫 끼이지 못해 안달하던 개구진 서늘한 첫눈
따끈한 이야기들 달아나버릴세라 잽싸게 껑충 목말을 타고

까르르 까르르 간지럼을 태우며 골목길을 빠져나와
거리로 거리로, 더 넓어지는 거리를 향해 목말을 달린다
도란도란 등불 밴 눈웃음마다
대롱대롱 눈雪웃음을 포개 업고서

휘영청 보름달 아래 나팔 웃음소리 그렇게 소복소복
시지프스 거리에 퍼져 가는데
저 혼자 심심하게 겨울밤을 구르는 시지프스의 수레바퀴는
하는 일이 아주 없다

먼 데서
천년 아니 만년 아니 십만 년을 삭고 삭은 제우스*의 쇠사슬을
프로메테우스*의 발목이
툭!
뚫고 걸어 나오는 소리

아련히 들려오는데

먼 데서
천년 아니 만년 아니 십만 년을 멍들고 멍든 제우스의 독수리
부리가
새살로, 새살로 차오른 프로메테우스의 간에
툭!
부딪혀 낙엽 지는 소리
소리 없이 메아리쳐 오는데

저 유명한 『그리스 신화』에 나오는 인물 '시지프스'. 신들의 비밀
스러운 만행(蠻行)을 엿보고 누설했다는 이유로, 주신(主神) '제
우스'로부터 밀어 올리면 굴러 떨어지고 밀어 올리면 굴러 떨어지
는 큰 바위 하나를 끊임없이 산꼭대기로 밀어 올려야 하는 형벌
을 받았다는 자, 시지프스. 하여 희망이라곤 전혀 없는, 헛되고도
고된 노동의 굴레를 영겁토록 짊어지게 되었다는 자, 시지프스.
우리 '인간'을 상징하는 자, 시지프스….

길 따라 길 일구며

그래서 그의 발걸음은 고되다.

그러나 그가 그 끝없이 반복되는 고된 일상의 굴레에 갇혀있는 동안에도, 그의 발걸음은 여전히 무궁무진한 지복의 세계에 이를 가능성을 품고 있다.

그가 무거운 발걸음을 내딛는 한순간, 자신의 발걸음에 무게를 가하고 온갖 제약과 한계를 가하는 것은 자신의 운명이나 삶 자체가 아니라, 자신이 짊어지고 있는 '굳은 신념들'이라는 사실을 발견할 때, 그 굳은 신념들이 곧 '바위'임을 발견할 때, 그리고 자신을 가두어온 그 오랜 신념들이 진실이 아님을 발견할 때, 그리하여 믿음으로 가득 찬 그 무거운 짐들을 하나하나 놓아주며 생각과 생각 사이의 공백의 자리를 맘 놓고 즐기고 누릴 때, 습관적인 생각의 수레바퀴로 속절없이 끌려가다가도 즉각 '지금 이 순간'을 알아채고 '지금 여기'로 빠져나올 때, 있는 그대로의 자신과 삶을 받아들이며 '지금 이 순간'을 은혜로운 삶의 절정으로 영접할 때, 그는 언제든 자유로운 존재로 풀려날 수 있기 때문이다.

그러므로 그가 그 자유로운 존재로 돌아오는 그날이 그의 일상에 '첫눈이 내리는' 날이며, 그가 평온한 일상의 품으로 안기는 날이다.

그리고 그 '첫눈'이 더욱 자주자주 내려와 그의 일상이 더욱 포근 포근해지는 날, 그날쯤이 그의 일상의 수레바퀴가 더 이상 하는 일이 없어지는 날이다. 그날에도 그의 일상의 수레바퀴가 여전히 '추운 겨울밤'을 구른다 해도, 주인의 마음이 쉬는 한 수레바퀴는 그저 굴러갈 뿐이므로….

그리하여 그의 일상에 '구름 걷힌' 그날이 온다면, 그는 보리라. 자신을 고된 삶의 굴레로 가둔 존재는 바로 자신이었음을. 그 굴 레란 곧 생각의 굴레요, 신념의 굴레였음을…. '프로메테우스'를 운명의 쇠사슬로 가둔 존재 역시 인간 자신이었음을. 그 '쇠사슬' 은 자신을 결박당한 죄인으로 인식한, 한갓 인간의 왜곡된 신념 이었을 뿐이며, 그 책임을 침묵하고 있는 신에게 떠넘긴, 한갓 인간의 나약한 마음이었을 뿐임을….

그리하여 긴긴 세월을 결려만 오던 그의 '굳은 어깨'가 노글노글 녹아내리며 '날갯짓'이 되살아나는 그날이 온다면, 그는 보리라. 자신은 '바위'보다 유연한 존재요, '바위'보다 강한 존재임을…. 진정한 신화의 마을이란, 그 유연하고 강한 존재들이 현존하는 평화롭고 자비로운 세상이요, 있는 그대로 장엄된, 우리 모두의 '기억 너머 기억 속' 정든 고향임을…. 그 마을에는 애초에 '산'도, '바위'도 없었으며, 자신에게 형벌을 내린 그 어떤 존재도 없었음을….

* 시지프스: 『그리스 신화』에 나오는 인물이자, 알베르 까뮈의 철학에세이집 『시지프스의 신화』 주인공.
* 제우스: 『그리스 신화』에서, 올림푸스 산의 주신(主神)이자 우주를 주관하는 신들의 신이라는 자.
* 프로메테우스: 『그리스 신화』에 나오는 티탄족 이아페토스의 아들로서, 주신(主神) 제우스가 감추어둔 태양 불을 훔쳐내 인간에게 건네준 죄로 코카서스 산 바위에 쇠사슬로 묶여 낮이면 독수리에게 간을 쪼여 먹히고, 밤이면 다시 회복되는 간을 이튿날 다시 쪼여 먹히며, 수천 년을 고통을 겪었다는 자. 그러나 그런 과정에서도 제우스의 협박과 회유에 굴복하지 않았다는 자. 그리고 마침내 영웅 헤라클레스가 독수리를 사살하고 그의 쇠사슬을 풀어줌으로써 고통으로부터 해방되었다는 자.

돌아와 주인 되어

집에 돌아온 자, 그가 바로 주인이고, 행복이다.
이제 그에게 더 이상 타향은 없다.
타향은 그에게 존재한 적도 없었으며,
그가 다시 돌아갈 타향도 존재하지 않기 때문이다.

허수아비 연가 - 참새에게

네가 노오란 알배기 벼 이삭을 배불리 까먹고
내 어깨 위에 편히 앉아 네 위장을 쉬이기 전부터
난 너의 쉼터였지.

네 기억 속의 사람 모양을 한 나를 네가 사람인 양 여기며
달아나기 전부터
난 너의 다정한 혈육이었어.

너로 인해 내가 태어났고
네가 있어 내가 있었으니.

네가 나뭇가지보다 편안한 내 편편한 어깨를 몰라보고
네 덜 찬 위장을 부여안고 황망히 나뭇가지로 날아갈 때에도
난 네가 내 어깨 아래 소복한 이삭 한가히 주우러

돌아올 날 알고 있었지.

땅이 주는 볍씨
정직한 볍씨가 네 양식이었으니.

세상이 혈육인 우릴 낯설게, 낯설게 길들이려
색색의 옷으로 나를 갈아입히고
네 눈을 색색의 빛깔로 가릴 때에도
난 네 눈을 염려하지 않았어.

껍질을 벗겨야만
양식을 얻을 수 있는 삶의 이치를
넌 너의 온 삶을 통해
터득해 왔으니.

그리하여 네 뱃속 볍씨
뿌리내리고 싹 트고 잎 나고 꽃 피어 이삭이 영글 무렵
넌 마침내 왜곡된 기억의 껍질 훌훌 벗겨내고
내 믿음의 하늬바람 타고
사뿐히 내 어깨로 돌아왔지.

돌아보면
너 하나에
세상은 저 황금벌판보다도 거대했고
너 하나에
세상은 저 푸른 하늘만큼이나 아득했는데

그런데도 넌
끝내 저 황금벌판을 넘고
저 푸른 하늘을 가로질러
왕이 되어 내 어깨로 돌아왔지.
공기저항의 끝없는 파도를
웅대한 항로로 삼아.

화려한 너의 귀환.
그날은 하늘도 진동했고
벌판의 벼들도 소스라치며 뒤흔들렸지.
온 벌판에 후두두 빗방울 듣듯
깊은 땅 깊은 울림을 타고.

그리하여 이제 흔들림 없는 느긋한 너의 평안.

출렁이는 황금벌판 흐뭇이 굽어보며

날지 않아도 스스로 나는 저 푸른 하늘

저 깊은 고요 너머 영롱한 자유

깊이깊이 관망하며

온전한 낢, 온전한 낢 무르익히는

너의 장엄한 성숙.

묵묵한 혈육의 온기 속에서.

네 날개 닮은 내 든든한 어깨 위에서.

결국 우리 속에 각인된 모든 상들은 인식의 틀이 빚어낸 왜곡된 기억일 뿐이다. 이름도, 개념도, 이념도, 사상도, 관점도, 견해도, 신념도, 감정도, 지각도, 이미지도, 무엇도…. 우리는 그것을 절대 진리인 양, 혹은 '나'인 양 동일시하며 숭배해오고 있었지만.

그러나 주인은 결국 주인의 자리로 돌아오게 돼 있다. 왜곡된 기억 너머 '참기억'을 되찾게 돼 있다. 눈먼 눈과 세상이 주인의

돌아와 주인 되어

'참눈'을 가리기 위해 제아무리 현란한 수작을 벌여도. 그 현란한 수작에 끝도 없이 농락당했다 하더라도.

주인은 주인의 성품을, 주인의식을 이미 지니고 있기에. 가려진 진실 이면에는 정직한 진실이 변함없이 흐르고 있기에. 우리의 삶 자체가 굽이굽이 그 진실을 밝혀내는 값진 여정이기에. 낢을 방해하는 공기저항조차도 낢을 보좌하는 웅장한 항로이기에.

그럼에도 주인이 주인으로 돌아오는 그 일은 경이롭기 그지없다. 온 우주가 진동할 만큼….

오랜 모험을 끝내고 마침내 집으로 돌아온 자의 안식이 거기 있기에. 돌아온 자식을 품에 안는 근원의 눈물 어린 반김이 거기 있기에. 뿌리 깊은 혈육의 상봉이 거기 있기에….

꽃씨와 화분

넓은 정원에 바람 불어 꽃씨가 떨어지던 날
꽃씨는 처음 느껴보는 딱딱함이 낯설기도 했지만
그곳이 땅인 줄 몰랐지.

햇살도 바람도 물도 있을 만큼 있어
여전히 하늘인 줄 알았지.
그래서 꽃씨는 방글거리고 해살대며 원기 왕성했지.

그러다 비 내리고 바람 불어
흙들이 꽃씨를 캄캄하게 덮던 어느 날
꽃씨는 캄캄한 땅속에 묻히게 되었지.
묻혀 오래도록 깊고 깊은 잠을 잤지.

그리고 깊고 긴 잠에서 깨어난 어느 날

꽃씨는 힘찬 기지개를 켰지.
기지개를 따라 웃음처럼 껍질이 터지고
머리와 몸통이 생겨나 땅밖으로 머리를 쏙 내밀었지.

꽃씨는 너무나 눈이 부셔 두어 번 눈을 문질렀지.
그리고 나니 그곳은 언젠가 살았던 고향처럼
금방 친숙해졌지.

더구나 세상은 너무나 밝아
꽃씨의 즐거움은 그지없었지.
그래서 꽃씨는 여전히 방글댔지.

그런데 기억할 수 없는 어느 날
꽃씨는 어떤 그릇 같은 것에 담기는 느낌이 들었지.

아주 낯선 느낌이라 꽃씨는 그 정체를 알 수 없었지만
햇살과 바람과 물이 그다지 충분하지 않다는 것만은
느낄 수 있었지.

그래서 꽃씨는 그때 처음으로

자신에게 몸이 있다는 걸 느끼게 되었지.

그래서 그때부터 꽃씨는 몸의 느낌과 함께 살았지.

하지만 그 느낌에도 차츰 익숙되어

꽃씨는 그런대로 살 만했지.

새로운 모험이 펼쳐진 것도 같았지.

그런데 꽃씨의 몸이 점점 자라나면서

어려움이 하나 생겨났지.

몸이 불편해하는 소리를 종종 들어야 했던 거지.

어떨 땐 안쓰러울 정도로 크게 들려오는 그 소리를.

그럴 때 꽃씨는 하늘과 정원에 있을 때 불렀던 노래를

몸에게 들려주어야 했지.

그러면 꽃씨의 몸은 꽃씨의 기억을 따라가며

불편함을 잊기도 하고 불편함을 이해하기도 하며 자라났지.

꽃씨는 그렇게 꽃씨의 몸을 보호하며 지켜주었지.

그런데 꽃씨에게도 그 일은 언제나 쉬운 일만은 아니었지.

꽃씨의 몸이 눈에 띄게 훌쩍 훌쩍 자랄 때마다

꽃씨의 몸이 너무 큰 진통을 견디다 못해

몸을 가두는 그릇을 박차고 나가버리려 했기 때문에.

그럴 때면 꽃씨는 몸에게 찬찬히 일러주어야 했지.
팔다리를 부드럽게 구부리며 자라나는 법에 대해.
그릇을 훌쩍 뛰어넘는 부드러운 몸짓에 대해.

그래서 꽃씨는 한순간도 꽃씨의 몸을 떠날 수 없었지.
꽃씨의 몸을 언제나 지키고 보호해주어야 했으니까.

그러던 나날 중 정말 중요한 어느 날이 왔지.
꽃씨가 기쁨 중에 기쁨을 만났던 바로 그 어느 날,

초록빛 꽃씨의 몸에서 연분홍빛 꽃봉오리가 봉긋 솟아 나왔지.
눈부시도록 환하고 건강하고 어여쁜 아가가 태어나왔지.
팔다리를 구부리지 않고서는 도저히 자랄 수 없었던
그 좁디좁은 그릇 속에서.

그날 꽃씨는 꽃씨의 몸과 함께 하늘을 날았지.
그날 꽃씨는 마치 몸이 없어진 것만 같았지.

그래서 그날 이후 꽃씨도, 꽃씨의 몸도 마음을 놓았지.
그릇 속에서도 모든 걸 이루며
한가롭고 편안하게 살 수 있음을 믿게 되었지.

그건 무엇보다도, 눈을 감으나 뜨나
환하고 예쁜 아가가 보였기 때문이었지.
언제나 꽃씨처럼 방글거리는 기쁨둥이, 자유둥이, 연분홍꽃 아가가
그릇보다 더 먼저 보였기 때문이었지.

꽃씨는 그 연분홍꽃 아가를 사랑을 다해 사랑하였지.
언제나 하늘과 정원의 노래를 들려주면서….

그리고 지금도 꽃씨는 그 연분홍꽃 아가를
사랑을 다해 사랑하고 있어.
그래서 꽃씨를 쏙 빼닮은 연분홍꽃 아가는
꽃씨의 행복 속에서 무럭무럭 자라나고 있어.

그러니 언젠가
활짝 핀 성만한 분홍꽃 속에 꽃씨 가득 열리는 날
그날이 오면

꽃씨의 꽃씨는 바람에 날리고 하늘을 날다가
어느 정원 푹신한 뜨락에 다시 떨어지게 될 거야.

그래서 꽃씨의 기억은 언제까지나 언제까지나
동이 나지 않을 거야.
하늘과 정원의 노래, 땅속 영양분이 동이 나지 않는 한.

'꽃씨'는 '순수의식(참나, 우리의 참본성)'을, '화분'은 제한적이고
통제적인 '생각(틀)'을 상징한다.

자유롭고 순수한 의식은 무한한 속성을 지니고 있지만, 생각은 언
제나 제한적이고 통제적이다. 우리가 생각 속에 갇혀있을 때 구속
감을 느끼게 되고, 그것으로부터 놓여날 때 자유로움을 느끼게 되
는 이유는 우리가 본질적으로 순수의식의 존재이기 때문이다.

그러나 생각과 함께 있을 때에도 우리는 존재의 구속감을 느끼지
않을 수 있다.

돌아와 주인 되어

그 흐름을 그저 알아차려줄 때. 그 흐름을 판단이나 저항 없이 그저 바라봐줄 때. 그 흐름과 함께 일어나는 감정 또한 그대로 느끼며 타줄 때. 그 흐름을 붙들어 감옥으로 세우거나 그 흐름에 힘을 실어주지 않을 때. 그 흐름을 그저 자연스런 생멸활동으로 이해해줄 때. 그 흐름의 내용이 무엇이든 그것을 사랑으로 품어주고 인정해줄 때.

그리고 그 흐름은 진실이 아니라 마음이 써내려가는 상상의 이야기일 뿐이며, 실체가 없다는 사실을 자각해줄 때. 그 흐름에 빠져있는 자가 '나'가 아니라 그것을 알아차리고 바라보는 자가 '나'라는 사실을 자각해줄 때. 때로는 그 흐름의 관점과 방향을 유연하게 바꾸어줄 때.

그럴 때 그것은 제 쓰임에 쓰인 후, 순수의식의 따스한 빛 안으로 점차 녹아 들어간다. 근원의 사랑으로, 생명의 에너지로 귀의해 간다.

우리 존재를 한없이 사랑하고 있는 우리 안의 '꽃씨'는 매 순간 우리에게 그 귀향의 노래를, 그 너머 고향 노래를 들려주고 있다.

꽃비 내리는 내 고향은

마당에는 함박꽃 나팔꽃
아기 채송화

뒤뜰에는 빠알간 앵두
하이얀 앵두꽃

들꽃 향 아카시아 향 향긋하게 번져오는
도란도란 언니 엄마 빨래하던 널따란 개울가엔

복사꽃 매화꽃 하이얀 벚꽃잎
꽃비 되어 내리던

내 살던 고향 그리워
그리워 돌아와 보니

꽃비 내리는 내 고향은
내 사는 이곳이어라.

기억 너머, 기억 너머
아련히 살아본 듯한

선조들의 아득한 그리움, 그리움 울려 퍼지는
꿈에도 그리웠던 그곳은

떠나기만 하면 그리운
그리움 사라진 내 머무르는 이곳,

들꽃 향 아카시아 향 흩날리는
나의 숨 들고 나는 이 언덕, 여기, 이곳이어라.

내가 나의 아득한 선조였을 때에도
내가 나의 아득한 후손일 때에도

생명의 꽃비 내리는 정겨운 내 고향은
그리움 진, 내 현존하는 이 언덕, 여기, 이곳이어라.

살아도 살아도 못내 지루하여도
돌아갈 곳 없이 돌아갈 곳 없이

마음의 재잘거림이 멎은 지금 여기. 생각이 쉬고 마음이 쉬는 지금 여기. 마음의 동굴로부터 나와 온 존재로 현존하는 지금 여기. 그곳이 우리 존재의 영원한 고향이다. 생명의 꽃비 내리는….

너무나 가까워 보이지 않던 그 자리. 갈 수 있는 먼 길을 다 갔을 때 더 이상 갈 수 없어 멈춘 그 자리. 당도하려 애써 길을 나서지 않아도 언제나 거기 있는 그 자리.

먼 마음여행 길을 떠났다가도 언제든 눈길을 돌리는 순간 즉각 돌아올 수 있는 그 자리. 언제든, 어느 순간에라도, 그 자리를 떠나있는 자신을 알아차리기만 해도 곧장 돌아올 수 있는 그 자리.

마음에 가려 보이지 않던 세상이 눈길을 데려오는 순간 선명히 드러나는 그 자리. 마음을 푹 놓고 삶을 즐기며 존재함을 누리며 언제나 생기롭고 충만하게, 언제나 편히 머무를 수 있는 그 자리.

모든 그리움이 끝난 그 자리….

돌아와 주인 되어

새로이 길을 맞으며

새롭다는 것은
무한한 잠재력의 씨앗이 터뜨려질 힘찬 대지 위에 서 있다는 것이며,
이제 비로소 길 위에 서 있다는 것이다.

마법의 밭 앞에서

밀밭에 밀 자라고
보리밭에 보리 자란다.

파밭에 파 자라고
마밭에 마 자란다.

한 광주리 가득 씨앗들 품어 안은 농부
그 한 손에 한 줌 씨앗 들렸다.

땅은 기다린다.

이제 어떤 씨앗을 뿌릴 것인가. 생각은 창조의 원동력이자, 마법의 지팡이이자, 우리에게 주어진 위대한 선물이다.

마음 또한 본래 청정하고 광활한 우주적 벌판이요, 텅 빈 채 무한한 사랑으로 가득 차 있는 신성한 생명의 품이요, 뿌리는 대로 그 씨앗을 품어주고 길러주고 꽃 피워주는 위대한 모성이요, 마법의 밭이다. 이제 그 밭에 어떤 씨앗을 뿌릴 것인가.

길은

갈림길을 지나 길은 종종 어긋나 보였다.

그럴 때 허전한 나그네 손가락은

빈 호주머닛속 구겨 넣어둔

가지 않은 길을 만지작거리곤 하였다.

혹시 그 길이 펴질 수 있는 길이 아니었을까

위로받기 위해.

그럴 때 가지 않은 길은 호주머니에서 꾸깃꾸깃 나와

여우 햇살을 쐬곤 했다.

그런데 어느 해 저물녘

막다른 골목에서 길이 사라져 버렸을 때

주머니도 주머닛속 길도 더 이상 돌아오지 않았다.

길을 통째로 잃어버렸을 때

새로이 길을 맞으며

나그네도 통째로 잃어버렸을 때
길은 저 스스로 거기 있었다.
태양이 통째로 걷고 있었다.
갈림길은 처음부터 거기 없었다.

그 펄럭이는 길목에서 시가 불어오고 있었다.
길은 그저 여는 거라며.
거기에 다 있으니,
모든 제약을 내려놓고 한번만 열어보라며.

길은 종종 길이 끝난 지점에서 열리곤 한다. 이 책 또한 그런 지점에서 탄생한 선물이다.

걸어오던 길이 멈추어버린 어느 날이 있었다. 그 이전에도 자잘한 그런 날들은 적잖이 있었지만, 오랫동안 굴러오던 낡은 수레바퀴가 후미진 길의 한 모퉁이에서 '끼익'하고 멈추던, 거대한 멈춤이 느껴지던 어느 날이 있었다.

귀를 기울여보니 그건 급정거는 아니었다. 그 길이 멈추길 은근히 기다려온 내 내면의 깊은 바람과 함께 그건 오래전부터 서서히 진행돼왔던 거였다. 그래서 그 이전에도 자잘한 그런 날들은 틈 틈이 찾아와주었던 것이다.

그러나 예전에는 그 신호를 곧잘 무시해버리곤 했었다. 아니 그 신호를 두려워했었다. 내가 그 신호를 간절히 불러왔음에도 불구 하고 그 신호음이 들려올 때면 나는 어김없이 서둘러 도망갈 길 을 찾아 나서거나, 낡은 신발을 다시 꺼내 신곤 했었다. 고달픈 길은 그래서 걸어도 걸어도 끝나주질 않았다.

그런데 거대한 멈춤이 감지되던 그 어느 날, 더 이상은 고달픈 릴 레이 게임에 끌려가선 안 되겠다는 자각과 함께 나는 그 신호를 담담히 받아들이고 있었다. 머릿속에서는 습관화된 기제를 작동 시키려는 미미한 움직임이 일기도 했지만, 왠지 그조차 힘을 쓰지 못하고 있었다.

뭐랄까. 난 '때'가 왔음을 조용히 알아차리고 있었으며, 용기를 내 려하지 않아도 용기가 되고 있었고, 그 용기가 그 상황을 그대로 받아들이고 있었다. 나는 그저 근거를 알 수 없는 안온함 속에서

새로이 길을 맞으며

안팎의 거대한 멈춤을 허락해주고 있었던 것이다.

그러나 그 배짱의 근력이 그리 탄탄하지 않았을까. 앞뒤로 눈길조차 주지 않은 그 든든한 배짱에도 아랑곳없이 '아무 대책이 없는 앞날'에 대한 두려움은 내게서 결국 비껴가주지 않았다. 그 두려움이 어느 날 쓰나미가 되어 나를 덮쳐버리고 말았던 것이다. 내 '앞날'을 기필코 염려해주던 내 주변의 탄탄한 염려들에 탄력을 입고서.

그러나 그때 내가 할 수 있는 일이란 아무것도 없었다. 나는 앞으로도 뒤로도 갈 수 없었고, 어디를 봐도 내가 대피하거나 올라탈 길은 보이지 않았다. 내가 아는 길 중에는 내가 선택할 길이 더 이상 존재하지 않았다. 그래서 그 지점에서 내가 할 수 있는 일이란 오직 '길 없음'을 냉정히 인정하고 수긍해야만 하는 것이 전부였다.

그래서 그 쓰나미에 통째로 나를 맡겨 버렸다. 그것이 나를 어느 곳으로 쓸어가 버리든, 어느 곳에다 데려다 놓든, 그런 걸 염두에 둘 처지가 이미 아니었다. 이미 마음이 멈추어 버렸기에.

그리하여 온몸이 후벼 파이는 듯한 통증을 느끼며 나는 몇 날을 시체가 되어있어야 했다. '마음이 지어내고 안겨주는' 몸과 마음의 통증을 새삼 절절히 살아내면서.

그런데 기적은 바로 그 다음 지점에서 일어났다. 사흘이 지난 후, 나는 기적처럼 맑은 새 아침을 맞고 있었다. 몸과 맘이 날아갈 듯 나는 너무나 가볍고 평온했다. 거기엔 두려움의 쓰나미가 할 퀴고 간 그 어떤 흔적도 남아있지 않았다. 그건, 예상치 못한 일이었다.

'미래'라는 오지도 않은 날을, 존재하지도 않은 날을 미리 상상하고 설정하여 내 온 존재를 죽여 버렸던, 하여 온몸이 타들어가는 듯한 고통을 절절히 살아낸 다음날, 죽어야 산다고 했던가, 죽음을 받아들이고 나니 나는 어느새 살아나 있었다.

그래서 숲을 거닐기 시작했다. 구름이 확 걷혀버린 평화로운 날들을 거닐기 시작했다. 일생에 한번 올까 말까 한 벅찬 충만감을 맘껏 누리며….

'앞날'에 대한 대책은 여전히 떠오르지 않았지만, 대책이 그리 쉽

새로이 길을 맞으며

사리 떠오르지 않으리라는 사실을 그저 인정해 주었다. 그래서 그저 기다려주기로 하였다. 아니, 기다림조차 놓아버린 마음으로 그저 '지금 이 순간'에만 내 온 존재를 맡겨 두었다. 어떤 처벌의 마음도, 상념도 일으키지 않은 채.

그러자 구름은 다시는 새 하늘을 뒤덮지 않았다. 아니, 뒤덮지 못했다. 누군가가 다가와 그 하늘에다 다시 먹구름을 끼얹으려 애써 입김을 불어넣으려 하여도 하늘은 쉽사리 무너지지 않았다. 스스로의 힘으로 맑아진 하늘은 저 스스로 저를 지키고 있었다. 그 놀라운 평온의 힘을 만끽하며, 나는 평화로운 숲을 마냥 거닐고만 있었다.

햇살 속에 반짝이는 푸른 나뭇잎들은 어찌 그리도 싱그러운지…. 푸른 잎들 사이를 뚫고 비쳐드는 햇살은 어찌 그리도 눈부신지…. 지저귀는 새들 노래며, 눈여겨보지 않으면 보이지도 않을 작은 풀꽃들이며, 온몸으로 감겨드는 부드러운 미풍이며, 내딛는 발길마다 느껴지는 탄탄한 땅의 심장은 어찌 그리도 정겹고, 사랑스럽고, 감미롭고, 든든하고, 포근한지…. 내 영혼을 넘치도록 채워주던 그 투명한 '지금 여기'의 몽글몽글한 생명에너지는 어찌 그리도 황홀하던지….

그렇게 몇 개월….

꿈결 같은, 그러나 살아본 날 중 가장 생생한 날들이 그렇게 흐르던 어느 날이었다. 여전히 평화로이 숲을 거닐고 있는데, 한순간, 텅 빈 마음 어디에선가, 아니면 그 너머 어디에선가, 한 덩이 에너지 덩어리가 훅 지나가듯 세 편의 동화가 파바박 떠올랐다 쏜살같이 스쳐 지나갔다. 내 송과체를 뚫고 지나가듯…. 그것은 직관이었다.

너무나 짧은 찰나였을 뿐 아니라, 그저 덩이 덩이의 압축된 이야기였기에 그 내용이 자세히 드러나진 않았지만, 그 이야기들의 핵심 내용과 주제와 제목은 선명히 읽혔다. 너무나 마음에 드는 내용이었다. 그래서 갑작스레 들이닥친 그 감동의 선물과 그것이 안겨주는 긴 여운을 온몸으로 느끼고 음미하고 만끽하느라, 그 자리에 한동안 머물러 서있었다.

그러자 가슴으로부터 기쁨에 찬 반응이 터져 나왔다.
'아, 그 글들을 한번 써보자….'

뭔가가 절로 떠오른다는 건 참으로 반갑고 신통한 경험이 아닐 수 없었다. 그래서 그 신통한 소식을 그저 기쁨으로 맞이하고 반겨주었다. 그래서 그날부터 곧장 글을 써가기 시작했다. 아니, 일단 펜을 잡기 시작했다. 이렇다 하게 떠오르는 건 없었지만, 스쳐 지나간 이야기들이 구체적인 모습을 띠고 자연스레 흘러나올 때까지 기다려주어야 했기에. 그리고 글이란 것의 물꼬를 틔워주어야 했기에.

그래서 그저 아무거나 써가기 시작했다. 숲에서 만난 할머니와 나눈 이야기를 '두 소녀의 꿈 이야기'라는 제목으로 써가고 있었고, 재미있었던 경험 이야기들을 콩트로도 써가고 있었고, 살아오면서 의미 있게 느껴졌던 이야기들을 우화로도 써가고 있었고, 〈내가 쓰는 탈무드〉라는 책도 써가고 있었다.

그렇게 그저 떠오르는 대로, 써지는 대로 따라가주고 있었다. 그러면서 껍질을 벗기듯 버리고, 버리고…, 세상을 판단하고 평가하는 겉 자아를 벗기듯 버리고, 버리며…, 껍질 안의 뭔가가 나올 때까지 쓰기를 계속해 갔다. 뭔가가 제 모습을 드러낼 때까지….

그 흐르는 대로 흘러가주는 자유로움이 참으로 편안하고 행복하고 흥미로웠다. 절로 되어가는 흐름을 타보는 일이란 참으로 가벼우면서도 충만해오는 그 무엇이었다.

그러던 중, 어느 날부터 시가 흘러나오기 시작했다. 자고 일어나면 한 편, 맑은 숲을 거닐고 오면 한 편, 고요가 깃드는 밤이면 한 편, 어떨 땐 느닷없이 봇물이 터지듯 여러 편…. 마주치는 뭔가를 가만히 바라보고만 있어도, 어떤 이미지가 문득 떠오르기만 하여도, 가만히 기다려주기만 하면 그것이 시가 되어 흘러나왔다. 그 사이 사이에, 일전에 에너지 덩어리처럼 훅 스쳐 지나갔던 세 편의 동화도 긴 시가 되어 흘러나오고 있었다.

습작이라곤 단 한 번도 해본 적이 없었건만, 글을 쓰고 싶다는 생각도 단 한 번도 해본 적이 없었건만, 물길을 막고 있던 생각의 마개만 빼놓으니, 그리고 인위적인 의도와 통제를 가하지 않으니, 흘러나올 물길은 그저 자연스럽게 흘러나오고 있었다. 내재되어 있던 온갖 보물들이 스스로 조합되고 용해되고 어우러진 채. 스스로 논리 정연한 질서까지 이룬 채….

그것이 자연의 흐름이었고, 살아있는 창조의 과정이었다. 우리 안의 잠재성이란 그런 식으로 발현되는 것이었다.

새로이 길을 맞으며

그래서 그 기쁘고 생기롭고 경이로운 창조의 과정에서 보았다. 비어있는 자리란 그저 무(無)의 자리가 아니라, 무한한 잠재력의 폭발을 품고 있는 더없이 풍요로운 들판임을. 온 마음과 가슴과 의식이 오직 '지금 여기'에 머물러 있을 때, 그 무한한 잠재력의 꽃봉오리가 선물처럼 터뜨려질 수 있다는 사실을….

그래서 모든 길에는 다 이유가 있었다. 신성한 축복의 메시지가 깃들어 있었다. 그 중에서도 '길 없는 길'이 품고 있는 메시지야말로 축복 중의 축복의 메시지가 아닐 수 없었다.

그러나 그 '길 없는 길'은 오직 자신을 믿고 따를 때 갈 수 있는 길이다. 인위적으로 가하는 모든 통제와 제한을 과감히 멈추고, 열린 마음과 가슴으로 무게 없이 가는 길이다. 자신은 타고 온 그대로 온전한 존재이며 지금 자신은 제 길을 제대로 가고 있다는 믿음 위에서, 길을 훤히 알고 있는 내면의 등불이 자신을 안전히 안내하고 있다는 믿음 위에서; 온전한 내맡김 위에서 의연히 가는 길이다.

또한 그 길은 그 길이 주인을 어디로 데려갈지 의심하거나 예측하거나 기대할 필요도 없이, 어떤 짐도 짊어질 필요도 없이, 새로이 펼쳐지는 길을 즐기며 구경하며 가는 길이다. 그 과정에서 때때로 들려오는 안팎의 신호에 귀 기울여가며, 그 신호를 허용하고 선택해가며, 자연스런 흐름을 타고 스스로 길이 되어, 스스로 태양이 되어 가는 길이다.

그 광대하게 열려있는 우아하고 멋진 길은 삶의 틈새 틈새에서 주인을 기다리고 있다. 고투하며 걸어오던 길을 통째로 멈추게 할 요량이든, 단지 관점과 태도만 바꾸게 할 요량이든. 사랑과 자비와 희망이 넘실거리는 햇살과 바람과 노래를 가득 품고서….

영원한 쉼과 행복에 이르는 길을 안내하는 깊고 깊고 따뜻한 사랑 노래

"아, 시인이란 바로 이런 사람을 두고 하는 말이구나!"

나는 이 책 속에 실려 있는 한 편 한 편의 시를 읽어 나가면서 그 표현의 섬세함과 아름다움에 매 순간 감탄했고, 우리 주변에 널브러져 있는 평범한 사건이나 사물들 속에서 삶의 깊은 실상을 들여다보는 시인의 깊고도 그윽한 눈길에 매번 감동했다.

태풍이 지나간 뒷날 용케도 살아남아 아파트 베란다 창문에 들러붙은 청개구리 한 마리를 '아가야'라고 부르며 가슴으로 이야기를 나누는 시인의 따뜻한 사랑을 만났고, 바람 부는 날 가까운 산사에라도 가면 누구나 들을 수 있지만 그냥 무심히 지나쳐버리는 청아한 풍경소리 속에서 존재의 깊고 깊은 근원의 소리를 길어 올리는 시인의 놀라운 감각에 전율했다. 또

지리산 산행을 마치고 내려오던 무렵에 우연히 만난 쌍무지개를 바라보며 부른 노래 앞에선 너무나 가슴이 벅차서 나도 모르게 눈물을 흘렸고, 숲길을 걸을 때 가끔씩 발에 툭툭 차이는 말라 죽은 나뭇가지인 '삭정이'를 앞에 두고 꿈을 이야기 하고 풍요를 이야기 하고 황홀한 평화와 지상에서 가장 아름다운 밤을 그리는 시인의 마음 앞에선 무어라 형언할 수 없는 아름다움을 느끼며 가슴이 먹먹해지기도 했다.

뿐만 아니라 우리네 일상 속에서 흔히 만나는 선풍기와 콜라병 뚜껑, 장난감 저울, 들고양이, 거미, 똑똑 떨어지는 낙숫물, 심지어 단단한 시멘트 바닥에 어느 순간 금이 가서 가느다란 균열이 생기는 모습 속에서도 우리네 삶의 오랜 목마름과, 오해와, 질서와, 새로운 기회를 이야기 하는 시인의 신비로운 눈길 앞에선 어느새 나도 시인과 같은 마음이 되어, 그 평범함 속에 숨겨진 오묘한 이치 같은 것을 함께 느끼며 깨달으며 몇 번이고 탄성을 내질렀다. 아, 이보다 더 절묘한 시가 또 어디 있으랴!

나는 그렇게 한 편 한 편의 시를 읽어나가는 동안 시인이 우리에게 애틋하게 보여주고 들려주며 안내해 주고자 하는 '지금 여기, 본연의 우리 자신'의 신비로움과 아름다운 비밀 속으로 저녁 하늘에 노을이 지듯 행복하게 한 걸음 한 걸음 걸어 들어가고 있었다.

그런데 그 어느 한 순간 문득 노자老子가 생각났다. 30년 가까이 『도덕경道德經』을 강의해 오면서 나는 늘 노자라는 사람에 대해 경이로워 하고 있다. 그는 언제나 우리네 일상의 소소한 기물들 속에서 깊고 오묘한 도道의 세계를 길어 올려 너무나 쉽게 우리에게 보여주고 들려주고 가까이 만나게 해준다.

이를테면, 언제나 낮은 곳으로 흐르는 물을 통하여 진정으로 만물을 이롭게 할 수 있는 삶의 이치를 깨닫게 해주고, 우리가 매일매일 쓰고 있는 방과 그릇과 수레를 통해서는 텅 비어 있기에 그 무엇에도 물들지 않고 온전히 쓰임 받는 존재가 될 수 있는 참된 '길'을 가리켜 보여준다. 또 아침나절 내내 불지 않는 회오리바람과 하루 종일 내리지는 않는 소나기를 통하여 모든 것은 끊임없이 변화할 뿐 머무름이 없다는 진실을 들려주고, 작은 생선을 맛있게 조리하는 소박한 이야기를 통해서는 가만히 내버려 둠으로써 오히려 모든 것이 있는 그대로 완전한 진리의 세계를 오롯이 만나게 해준다. 그밖에도 그는 종일 울어도 목이 쉬지 않는 갓난아기와, 언 몸을 녹여주는 따뜻한 아랫목과, 이웃 마을이 빤히 바라보이고 개 짖는 소리가 들리는 작은 나라 이야기 등을 통하여 언제나 ‘지금 여기’에 온전히 드러나 있는 도와 진리의 세계를 절제되고 눈부신 언어를 통해 끊임없이 우리에게 보여주고 있다. 그런 가운데 ‘본연의 우리 자신’의 성품을 일깨워주며 그 성품을 회복하는 길을 들려주고 있는 것이다. 그런 의미에서 보면, 노자의 『도덕경』도 사실은 ‘지금 여기, 본연의 우리 자신으로 돌아오는 귀환의 노래’인 것이다.

우리 모두는 ‘지금 여기’에 존재하고 있다. 우리는 ‘현재’를 떠나서는 단 한 순간도 살 수 없다. 우리 안에서 경험하는 온갖 감정 느낌 생각들이 일어나고 사라지는 것도 오직 그 순간의 ‘현재’의 일이며, 우리 밖에서 경험하는 이런저런 삶의 상황과 형편들도 오직 ‘현재’ 속에서만 일어난다. ‘현재’를 떠나서는 아무 일도 일어나지 않는다. 그렇듯 우리는 언제나 ‘지금 여기’에 있다. 다시 말해, 우리는 이미 우리 존재의 영원한 고향에 살고 있는 것이다.

그런데도 참 아이러니한 것은, 우리는 매 순간 ‘지금 여기’를 떠난다. 문득 일어나는 생각을 따라 ‘지금’을 떠나고, 외로움이나 불안이 올라올 때 얼른 그것으로부터 벗어나거나 달아나려고 하면서 '지금'을 떠난다. 또 자신 안에서 초라함이나 어떤 결핍을 목격할 때 그 순간의 자신을 있는 그대로 인정하며 받아들이기는커녕 어떻게든 덮고 가리고 숨기려고 하는 모양으로 '여기'를 떠난다. 누군가를 미워하거나 잘못되기를 바라는 부정적인 생각이 올라올 때도 미움을 사랑으로 바꾸려고 하거나 그 생각을 억압하고 회피하려는 모습으로 다시 '지금'을 떠나고, 화가 나고 질투가 일어나고 슬퍼질 때 그 순간을 있는 그대로 경험해 보려고는 하지 않고 마음의 고요와 평화를 찾아 길을 떠난다. 그렇듯 우리는 언제나 '지금 여기 있는 그대로의 나'를 떠나 어딘가에 있을 것이라고 믿으며 '보다 완전한 나'를 찾아다닌다.

그러나 시인은 말한다. '지금 여기'로 돌아오라고. 본래 온전한 '본연의 자신'으로 돌아오라고. 매 순간 있는 그대로의 자기 자신으로 돌아오라고. 우리의 삶이 메마르고 마음이 늘 허전했던 것은 우리의 삶이 정말로 메마르고 마음이 텅 비어서가 아니라, 오히려 우리가 우리 자신을 늘 떠나 있었기 때문이라고. 그러니, 그 발걸음을 잠시만이라도 멈추어 보라고. 우리는 행복을 발견하기 위해 여기저기를 기웃거리지만, 행복은 이미 우리와 함께 해오고 있었으며 결핍감은 오해였다고. '지금 여기'에 있는 행복을 발견하지 못한 눈이 곧 불운을 발견하는 눈이었다고. 그리하여 매 순간 있는 그대로의 자기 자신으로 돌아와, 자신의 모든 모습들 — 못나 보이는 모습도, 추해 보이는 모습도, 부족해 보이는 모습도, 나약해 보이는 모습도, 초라해 보이는 모습도, 비참해 보이는 모습도, 외면하고 싶고 인정하고 싶지 않고 내치고 싶고 내다버리고 싶은 모습들까지도 — 을 남김없이 다 데려와 조건 없이 품어주고 어루만져주고 사랑해 줄 수 있을 때, 우리는 비로소 고향으로 돌아온 아늑함과 깊고 깊은 휴식과 평화를 누리며, 사랑 그 자체로서의 자신을, 사랑 그 자체로서의 품을 온전히 회복할 수 있다고…….

시인은 이 아름다운 진실을 한 편 한 편의 시에 가득히 담아 노래하고 있다. 이 시를 읽는 모든 사람들이 문득 시인과 같은 마음이 되어, 단 한 번도 떠난 적이 없는 고향으로 돌아와 영원한 쉼과 행복을 누릴 수 있기를 진심으로 바란다.

김기태
『지금 이대로 완전하다』 저자

재개정본을 내며

이 책은 14년 전 「시지프스의 마을에 첫눈이 내리고」라는 제목으로 첫 출간했던 책을 두 번째로 손을 보아 다시 내는 재개정본이자 완성본이다. 완성본이라는 말은 적절한 표현이 아닐 수도 있지만, 이제 이 책을 더 이상 손대지 않고 부족하나마 이 모습 이대로 마무리 짓겠다는 뜻이기도 하다.

이번에는 책의 제목까지도 바뀌었다. 기존의 책 제목이 다소 어렵다는 조언이 여러 번 있어서, 책을 다시 손보는 과정에서 독자들에게 좀 더 가까이 다가갈 수 있는 제목에 대해서도 고려해보고 있었는데, 「지금 이 순간, 사랑이 나를 부르고 있다」라는 새로운 제목이 기쁘게 떠올라 흔쾌히 바꾸게 된 것이다.

그런데 지나온 십여 년의 세월은 필자에게 있어 책의 제목만 바뀌게 한 시간이 아니었다. 그 시간은 필자에게 주어진 일종의 '보림'의 시간 같은 것이었다. 결코 녹록지 않은 여러 일들을 묵묵히 치르고 넘어와야만 했던. 그 과정에서, 우리 모두가 겪고 있는 인생사의 이슈들을, 우리 모두의 무의식 깊은 곳에 웅크리고 있는 어두운 감정들과 두터운 에고의식과 한계들을 적나라하게 마주치고 마주하고 경험하고 넘어와야만 했던….

그런 여정의 시점 시점들에서 이 책의 시들은 늘 필자인 내게 거울이 되어주곤 했다. 내가 어떤 도전적인 상황이나 이슈에 맞닥뜨려질 때마다, 또는 그저 소소한 일상을 사는 동안에도, 그 상황과 이슈에 걸맞은 시들을 내게 상기시켜주며 내 마음과 태도를 성찰하게 해주곤 했던 것이다.

그래서 그럴 때마다 생각하곤 했다. '아, 이 상황은 이 시에 관한 거구나! 이 시의 메시지를 일깨워주는 거구나! 내 책의 첫 독자는 바로 나구나! 이 아이들이 나를 기르고 단련시키고 체화시키고 있구나!' 그러며 나 자신을 다시 돌이키고, 다시 추스르고, 다시 제자리로 돌아오고, 돌아오곤 했다.

그렇게 그 짧지 않은 시간들을 묵묵히 살아내고 조금 더 단단해지고 조금 더 성숙해져서 돌아와, 이 책을 이렇게 마무리 짓게 되었다.

감사한 일이 아닐 수 없다. 그 다사다난한 와중에도 얼마나 깊고도 무량한 보살핌이 있었던지. 얼마나 깊고도 겸허한 가르침들이 있었던지…. 그 녹록지 않은 경험들은 또 다시 나를 깨우고 기르고 제자리로 돌이키게 한 근원의 무한한 사랑이자 가피이자 부름이 아닐 수 없었으니….

그래서 이제는 조그만 거 하나에도 사랑과 감사가 더 진실하게 느껴진다. '사랑'이라는 말도 더욱 친숙하고 가깝게 느껴진다. 우리 자신은 '두려움'이 아니라 '사랑'이라는 진실도 더욱 깊이 와 닿는다. 또한 우리 자신이 바로 우리 자신의 집이요, 근원이요, 사랑이며, 우리 자신이 바로 우리 자신의 안식처요, 보금자리요, 부양처라는 진실도 더욱 깊이 와 닿는다.

그러고 보면 그 '보림'의 시간은 그 무엇도 아닌, 나 자신과 세상과 삶을 보다 유연하게 받아들이는 힘을 기르고, 나 자신에 대한 믿음과 사랑을 더욱 깊이 회복하는 시간이었던 것 같다. 우리 삶의 모든 여정이 품고 있는 미션이란 바로 그것이 아니겠는가. 우리 자신과 세상과 삶을 있는 그대로 바라보고 인정하고 받아들이고 어떠한 경우에도 우리 자신으로 돌아오는 바로 그것. 본래의 자기 자신을 회복하는 바로 그것. 사랑과 평화와 존재함의 힘을 회복하는 바로 그것.

우리들의 그 아름다운 회복과 귀환의 길 위에서, 우리의 참자아는 매 순간 우리의 길을 안내하며 우리를 부르고 있다. 자비로운 부모의 심정으로….

'지금 여기'로 돌아오라고. 그 자리가 회복의 자리라고. 그 자리가 본연의 자신이 회복되고, 사랑과 평화가 회복되고, 자유와 지혜가 회복되고, 존재함의 힘이 회복되고, 생명력이 회복되는 집이요, 고향이요, 안식처라고….

그러니 속절없이 떠돌아다니는 마음을 그저 알아차리고, 집으로 돌아오라고…. 덧없이 일어나고 사라지고 변화하는 것들을 그저 바라보고 놓아주고 흘려 보내주고, 아무 일도 일어나지 않은, 아무런 문제가 없는, 순수하고 무구한 본래의 자신으로, 청정하고 고요하고 평안한 본래의 마음으로 돌아오라고…. 돌아와 그 자리에서 쉬고, 그 자리에서 회복하고, 그 자

리에서 하나 되고, 그 자리에서 존재함의 중심을 세우고 존재
하라고….

그리고 매 순간 그 자리에서 새로이 시작하라고…. 순수하고
따뜻한 알아차림의 빛과 함께….

2025년 봄, 선정

지금 이 순간,
사랑이 나를 부르고 있다
ⓒ 2025 강선정

초판 1쇄 인쇄 2025년 5월 20일
초판 1쇄 발행 2025년 5월 30일

글 강선정

펴낸이 김윤희
기 획 김윤희
디자인 김지영

펴낸곳 맑은소리맑은나라
주소 부산광역시 수영구 좌수영로125번길 14-3 2F
전화 051-255-0263 팩스 051-255-0953
이메일 puremind-ms@hanmail.net
출판등록 2000년 7월 10일 제 02-01-295 호

ISBN 979-11-93385-18-0 03810
값 23,000원